4인4색, 엄마들의 꿈, 도전, 성장 이야기

이제부터 내 인생 살겠습니다

우희경·조동임·유혜인·정하연 지음

이제부터 내 인생 살겠습니다

1판 1쇄 인쇄 2023년 2월 15일
1판 1쇄 발행 2023년 2월 20일

발행인 김영대
편집디자인 임나영
펴낸 곳 대경북스
등록번호 제 1-1003호
주소 서울시 강동구 천중로42길 45(길동 379-15) 2F
전화 (02)485-1988, 485-2586~87
팩스 (02)485-1488
홈페이지 http://www.dkbooks.co.kr
e-mail dkbooks@chol.com

ISBN 978-89-5676-944-8

엄마도 이제 내 인생 살겠습니다

"엄마처럼 살지 말고, 너는 너의 인생을 살아"

3040세대의 엄마들은 친정엄마에게 아마도 이런 말을 들으며 커 왔을 겁니다. 가족을 위해 희생하는 것을 당연하게 생각하며 살던 시절, 우리들의 친정엄마는 당신의 삶보다 가족을 위해 참고 살았을 거예요. 시간이 흘러, 내 삶에 진정 '나'라는 사람이 없다는 것을 깨달았을 거고요. 내 딸만큼은 자신만의 삶을 꾸리며 살고 싶은 마음에 아마도 이런 말을 하지 않았을까요?

친정엄마에게 "엄마처럼 살지 마!"라는 말을 귀에 딱지가 생기도록 듣고 자란 우리는 이제 엄마가 되었습니다. AI, 메타버스, 사물 인터넷이 발달하면서 이미 제4차 산업혁명 시대로 접어들고 있죠. 하루가 멀다 하고 트렌드는 변하고 새로운 세계가 원하는 인재상도 변하고 있습니다. LTE 급으로 빠르게 변하는 이런 세상에도 '엄마의 역할'은 10년 혹은 20년 전이나 크게 변한 게 없어요. 여전히 많은 여성들이 출산과 육아 때문에 자신이 하는 일을 포기하고 있고요. '나'보다는 가족을 위해 희생을 강요당한 전통적인 엄마상(像)도 큰 변화가 없어 보입니다.

자의식이 강한 알파걸 세대가 엄마가 되면 조금은 달라질 줄 알았습니다. 여성들의 사회적 지위는 높아졌지만, 집안에서의 역할은 예전과 달라지지 않았습니다. 다행인 것은, 알파걸 세대의 엄마들은 대부분 엄마의 역할과 자신의 성장 사이에서 치열하게 고민한다는 겁니다. 육아와 삶의 균형을 이루고 싶은 욕망이 그 누구보다 크며, 육아를 하면서도 '나'를 놓치고 싶어 하지 않은 마음이 큰 엄마들이죠.

요즘은 자신의 일도 똑 부러지게 하고, 엄마의 자리도 굳건히 지키는 엄마들이 많아진 것을 실감하고 있습니다. 반대로, 아직도 전통적인 엄마의 역할이나 죄의식에서 못 벗어나 자신의 재능이나 잠재력을 못 발휘하는 분이 많은 것도 현실이고요.

분명 엄마가 되기 전에는 반짝반짝 빛나는 삶을 살았을 우리 엄마들인데, 엄마가 된 이후에는 시들시들해지는 자신을 발견하게 돼요. 처음부터 그렇게 살지 몰랐겠지만요. 육아와 살림하며 하루하루 버티다 보니 정작 엄마 자신의 삶은 못 챙기며 살아간 거죠.

아무리 시대가 변했다 해도 엄마 자신의 인생을 찾고 앞으로 나아가기 위해서는 많은 사람들의 도움이 필요한 것도 사실입니다. 시댁이나, 남편의 도움, 혹은 육아 도우미 같은 제도적인 바탕이 있어야 엄마도 숨 좀 쉬고 그동안 못 챙겼던 자신의 삶을 찾을 수 있겠죠. 그런데 이런 것이 아무리 엄마를 도와준다고 해도 엄마 자신이 변화하고 성장하고자 하는 욕구가 들어야 하는 것이 우선일 겁니다. 내 삶을 살고자 하는 '동기'가 있어야 힘든 육아와 살림을 하면서도 자신의 삶을 준비할 수 있으니까요.

큰 자극 없이 한정된 인간관계 속에서 살아가는 엄마들에게 마음이 뜨거워지고 꿈틀거리게 하는 작은 '동기' 하나 선물하고 싶었습니다. 또한 조금 앞서 엄마의 삶에서 벗어나 자신의 삶을 당당하게 꾸려나가는 엄마들을 통해 어떻게 그렇게 살 게 되었는지, 그 방법도 알려 주고 싶었고요. 자신의 인생을 살겠다며 고군분투하며 살아온 네 명의 엄마의 이야기를 통해서요.

이 책에 나오는 주인공들은 아주 대단한 성공을 했거나, 이름만 대면 다 아는 유명한 사람들은 아닐 겁니다. 그러기에 조금만 노력하면 우리도 이 정도는 해낼 수 있다는 동기부여를 받을 수 있고, 나의 이야기인 양 공감도 될 것입니다.

6년간 소처럼 꾸준하게 글쓰기를 하며 제2의 커리어를 만든 엄마, 아이 셋을 키우며 엄마의 커리어도 만들고 아이들도 성장시킨 엄마, 가난을 물려주고 싶지 않아 재테크를 공부하여 어린이 경제 강사가 된 엄마, 자신의 행복을 찾겠다며 다양한 배움을 통해 자신의 행복과 성장이라는 두 마리 토끼를 잡은 엄마까지. 우리들의 이야기가 여러분이 새로운 삶을 찾고 도전하며 사는 데 멘토 역할을 했으면 좋겠습니다.

만약 지금이라도 자신의 삶을 찾고 도전하고 싶은 분이 계시다면, 이 책이 열렬히 응원하는 친구가 되어 드릴 겁니다. 많은 엄마들이 나다움으로 세상에 다시 나오도록 돕고 싶다는 마음이 잘 전달되기를 바랍니다. 자, 이제 우리 당당하게 외쳐 볼까요?

"이제부터 내 인생 살겠습니다."

2022년 12월 마지막날

우희경

CONTENTS

STORY 1.

글쓰기로 성장하는 엄마

[우희경]

엄마가 된 후, 내 인생은 달라졌다

여러분은 어느 날, 문득 거울 속을 쳐다보며 놀란 적 없으세요? 눈에 익은 낯선 여자 한 명이 서 있는 것 같은 느낌. 푸석푸석한 머리, 관리 안 된 피부, 펑퍼짐한 옷, 피곤에 찌든 얼굴. 여성스러운 매력 0%. 어디서 본 듯한 낯선 여자요. 맞아요. 그녀는 분명 우리 자신의 모습이었을 거예요. 저도 그랬어요. 분명 리즈 시절이 있었죠. 아무리 먹어도 살이 찌지 않을 때가 있었어요. 결혼 전, 몸매는 김연아요. 얼굴은 한예슬을 닮았다며 연하남의 대시를 받던 20대 후반의 저는 도대체 어디로 가 버린 걸까요? 한 패션 센스를 자랑하며 '패셔니스트'로 불리던 저는 도대체 어디에 가면 다시 찾을 수 있을까요? 엄마가 되어 항상 아쉬웠던 건,

자기관리 하는 모습을 하던 내 모습이 한순간에 사라져 버렸다는 거예요. 아이를 낳고 엄마가 되었을 뿐인데, 아가씨 때와는 비교도 안 되는 모습을 보며 여러분도 실망하신 적 있으시죠?

저는 대한민국의 4명 중에 1명꼴로 경험한다는 전형적인 육아형 경력단절 여성이었어요. 큰아이를 어렵게 임신하고, 연이어 둘째까지 임신하게 되면서 회사에 돌아갈 수 없는 상황에 놓였죠. 회사를 나올 때만 해도, 아가씨의 향기는 절대로 놓치지 않겠다고 다짐했어요. 전업맘이 된다고 하더라도 늘 자신을 가꾸며, 매일 출근하는 여자처럼 하루를 보내겠다고 의기양양하며 살았어요. 사실 그때만 하더라도 저는 이상적인 엄마를 꿈꿨는지 모르겠어요. 빅토리아 배컴처럼 몸에 딱 달라붙는 검은색 슬림 원피스를 입는 엄마, 하이힐을 신고 유모차를 끌고 다니며 우아하게 아메리카노 한 잔을 마시는 모델 같은 엄마를 상상했어요. 노트북 하나 들고 카페에 가서 아기가 잠자는 사이 책을 읽고 있는 지적인 엄마가 될 수 있을 거라고 생각했어요.

우리 엄마들은 아시잖아요. 현실은 이상과는 달리 처참한 거요. 저 역시 임신과 동시에 펑퍼짐한 엉덩이와 불룩 나온 배가 자랑인 슈렉 와이프가 되어 있더라고요. 아이를 낳고 육아를 하면서 백옥 같던 제 피부에는 금세 기미가 올라오기 시작했고요.

결혼 전에는, 무슨 자신감인지 손에 물 한 방울 안 묻히며 살 수 있을 거라고, 장밋빛 결혼 생활을 꿈꿨어요. 하지만 현실은 아이들 똥 기저귀를 갈고, 집안일에, 시댁 일까지 챙기며 손에 물 마를 일이 없더군요. 지금 생각해 보면, 아무것도 몰랐던 거였죠. 그렇다고 우리가 게으른 여자여서 그럴까요? 아니에요. 불철주야 야근하듯 집안일을 챙기고, 육아를 하며 살았을 거예요. 집에서 이리 뛰고, 저리 뛰고 분주하기만 하고 나를 돌볼 여유도 없었을 거고요. 저도 엄마가 되어 보니, 자기관리를 안 하는 것이 아니라 관리할 시간이 절대적으로 부족하다는 현실을 깨닫게 되었어요.

자신만의 커리어를 쌓아 올리는 일도 결코 쉽지만은 않다는 것도 깨달았어요. 일단 아이가 둘이 되면 부부 중 한 사람은 도맡아서 아이들을 돌보는 일을 하거나 살림을 해야 하잖아요. 그렇지 않으면 집안이 돌아갈 수 없으니까요. 운이 좋다면 양가 부모님의 도움을 받을 수도 있겠지만, 저는 그 정도의 운이 있는 사람은 아니었나 봐요. 일정 기간 커리어를 유지해 볼까도 생각했는데, 그러기 위해서는 제 월급을 고스란히 베이비시터의 월급으로 반납을 해야 되겠더라고요. 아… 이런 현타가!

잘 떠올려 보니 제가 일하던 회사의 선배들 역시 양가 부모님의 적극적인 육아 지원이 가능한 경우에만 일과 육아를 병행했던 것 같아요. 아쉽게도 저는 그런 상황이 되지 못했고, 어렵게 퇴사를 결정하며 전업맘의 길을 걸었어요. 아이가 있는 엄마가 자신의 커리어를 놓지 않기 위해서는 여러 사람들의 도움이 필요하다는 냉혹한 현실을 깨달은 거죠.

"어쩔 수 없다." 제가 별로 좋아하지 않는 말이에요. 뭔가를 하지 못했음을 핑계 대는 말 같잖아요. 어떠한 방도를 찾지 못하고 포기하는 상황에 대부분은 "어쩔 수 없었다."라고 표현하죠. 그런 어쩔 수 없는 상황이 제게도 찾아왔어요.

저는 대학 졸업 후 취업을 하여 한 직장에서 커리어 우먼으로 일하며 사회생활을 이어 나갔어요. 일 욕심이 많은 편이라 회사에서 일하면서 외부 강의도 하고, 창업도 했었죠. 문제는 아이가 둘이 되면서 육아에 올인해야 하는 상황에 처하게 되니 제가 선택할 수 있는 일은 많지 않더군요. 양가 부모님은 일을 포기하고 내 아이를 돌봐 줄 수 없다는 사실, 나이 차이 별로 안 나는 아이 둘을 케어하는 데 내 월급 이상의 베이비시터 비용이 필요하다는 쓰디쓴 현실. 통제할 수 없는 상황에 놓였을 때, 저는 저의 성향과는 완전히 다른 선택을 했어요. 10년 이상 쌓아 올린 커리어를 정리하고 전업맘의 길을 선택하는 것. 그렇게 제 인생은 엄마가 된 후, 송두리째 바뀌었네요.

커리어 우먼에서 아기 엄마로, 자기관리 잘 하는 여자에서 펑퍼짐하게 변해버린 여자로. 1년에 두 번 이상은 해외여행을 가는 여행광에서 5년째 해외 나들이 한번 못 가본 사람으로. 영어 공부 모임이며, 댄스 동호회며 다양한 활동을 하는 여자에서 문화센터나 동네 놀이터에서 다른 엄마들을 만나 수다 떠는 낙으로 살아가는 엄마로 말이죠. 삶이 변화하는 건 손바닥 뒤집듯 쉽게 이루어지더라고요.

가끔 남편이 출근한 후, 아이들을 재우고 난 후 싱크대에 수북하게 쌓인 설거지를 하며 하염없이 눈물이 났어요. '대체 내 삶은 어디로 갔냐고?' '나는 지금 어디 있는 거냐고?'. 정신없이 아이들을 키우면서도 이유 모를 우울감과 갑갑함이 저를 괴롭혔어요. 그럴 때마다 미처 이루지 못한 청춘의 꿈만 그리워했죠. 미루기만 하다가 해보지 못한 것들, 돈이 없다는 이유로 도전하지 못했던 것들. 다 이루지 못한 20대의 꿈들이 자꾸 저를 괴롭혔어요. 설거지를 하다가도, 아이 먹일 이유식을 만들다가도, 샤워하며 바라본 거울 속의 내 모습에 열정의 불꽃을 다 하지 못한 아쉬움이 서려 있었던 시절이었죠.

하루 종일 아이와 함께 씨름하고, 살림만 하던 시절. 그 무렵 저는 날이 선 여자처럼 작은 것에도 민감하게 반응했어요. 마르지 않는 눈물샘이 있는지, 툭하면 눈물이 났어요. 지금 생각해 보면 육아 우울증이 아니었나 싶어요. 단순하고 원초적인 전업맘의 삶이 의미 없게만 느껴졌죠. 물론 아이들의 엄마로서는 최선을 다하고 있었지만, 제 자신의 삶에서는 어쩌면 최고의 암흑기였다고 생각해요. 매일 고군분투하며 전쟁을 치르듯 아이들을 키우고, 살림을 했으니까요. 그렇게 전업맘으로 딱 1년 반 정도를 살고 나니 내가 원하던 삶은 이런 삶이 절대로 아니라는 것만 확실히 알 수 있었어요.

딸의 인생은 엄마의 삶을 따라간다고 하죠. 엄마가 되고 나니, 늘 자식 네 명을 키우면서도 단 한 번도 일을 놓지 않았던 친정엄마가 많이 떠오르더군요. '아이 둘 키우기도 이렇게 힘든데, 우리 엄마는 어떻게 아이를 네 명씩이나 키우셨을까? 어떻게 아이 네 명을 키우면서 일까지 하셨을까?' 생각하면 아련하고 짠한 친정엄마의 삶을 생각하며, 항상 엄마의 인생이 아깝다고 생각했어요. 어쩔 때는 자식으로서 어떤 죄의식 같은 것이 생기기도 했으니까요. '우리가 없었더라면 엄마가 좀 더 편하게 살았을 텐데…'

제가 엄마가 되어 아이들을 키우면서 어쩌면 친정엄마도 전업맘보다 워킹맘이 더 맞는 사람이 아니었을까 하는 생각이 드네요. 육아와 살림의 고됨을 일을 하면서 풀지 않았을까 싶어요. 사람의 성향에 따라 다르겠지만, 육아나 살림을 잘 하는 것만으로도 자신의 삶에 만족감을 느끼는 분들이 계세요. 그런 삶에 보람을 느낀다면, 그 또한 가치 있는 삶이라고 생각해요. 반면 육아나 살림 말고도 자신의 일에서 성취감과 만족감을 느낀다면 조금 더 고되더라도 일을 하는 워킹맘을 선택할 수도 있습니다. 모두 각자의 선택에 달린 거겠죠.

저는 친정엄마 피를 물려받았나 봐요. 엄마가 된 후 제 삶은 송두리째 바뀌었지만, 저의 성향에 맞춰 다른 삶의 기회를 잡아야 했죠. 제가 신택한 것이 싱글이 아닌 결혼이었듯이, 이번에는 스스로의 선택에 의해 제2의 삶을 결정해야 했죠. 엄마 이후의 삶을 어떻게 살아갈지 스스로 선택해야만 했어요. 그렇게 저는 엄마 이후의 삶을 다시 설계해 보기로 했어요.

이렇게 육아만 하며 20년을 살 수는 없다

인간이 한 생명을 인격체로 키워내는 일은 고귀한 일이에요. 동시에 고된 일이기도 하죠. 20대 중반부터 30대 중반까지의 여자는 인격적으로 성숙이 되지 못한 상황에서 아이를 낳고 진정한 성장 단계를 거쳐요. 고되면서도 고귀한 일인 육아를 통해서요. 세상에 존재하는 수많은 극한 직업 중 엄마를 넘버 원(One)으로 꼽는다면 비약적인 표현일까요? 저는 육아를 하며 회사를 다니면서 겪었던 사회생활의 쓰디쓴 맛은 아무것도 아니라는 것을 절감했어요. 예측 불가, 내 마음대로 할 수 없음, 나의 의지와는 관계없는 일. 육아는 한마디로 통제 불가능한 영역이죠.

엄마가 되기 전에, 결혼 후 일을 그만두고 육아만 하는 선배들을 부러워한 적이 있어요. 일을 할 때보다 자신감 넘치는 모습은 아니었지만, 엄마의 역할을 하며 만족한 삶을 사는 것도 나쁘지 않다고 생각했어요. 아이를 낳고, 전업맘이 된 선배를 보며 그녀의 편안함이 오히려 회사 생활보다는 더 좋지 않을까 착각했어요. 아이 둘을 키우며 본격적인 전업맘 생활을 시작하면서 회사로 다시 기어들어 가고 싶은 마음이 굴뚝같았어요. 아이에 대한 모성애는 있었지만, 아이 때문에 포기해야 하는 것들에 대한 아쉬움도 컸어요. 이를테면 여성으로서의 매력도 감소라던가, 솔로가 주는 자유로움 같은 것 말이죠.

전업맘이 되면 남편이 주는 생활비로 놀고먹을 수 있을 줄 알았는데, 절대 불가능하다는 것을 깨달았어요. 대한민국에서 결혼 후 높은 집세를 부담하며 아이 두 명의 교육비를 감당하는 것은 웬만한 남자의 월급으로는 어려운 것이 현실이죠. 둘이 벌어 둘이 풍족하게(?) 쓰던 삶에서 한 명이 벌어 네 명이 먹고산다는 것은 늘 졸라매는 삶을 살아야 한다는 것을 의미하는 거죠.

저는 전업맘으로 3년을 지냈는데요. 아! 무슨 3년 가지고 그러냐고요? 5년, 7년, 심지어 10년 차 전업맘들에게 비해 턱없이 부족한 전업맘 스펙(?)이죠? 저는 그 3년이 10년만큼 힘든 시기이기도 했답니다. 그때 곰곰이 생각한 것 중 몇 가지가 있어요.

'이렇게 아이만 키우면서 남편 월급에만 의지하며 살 수 있을까?'

'아이들과 따뜻하게 보낼 내 집은 언제 마련하지?'

'아이들에게 하고 싶은 일을 할 수 있도록 지원을 하려면 어떻게 해야 할까?'

당시 제가 했던 고민들은 어떻게 풍요로운 삶을 살 것인가와 아이들의 교육문제였어요. 가만히 생각해 보니 아이들을 성인이 될 때까지 키우는 데 20년의 시간이 필요하더군요. 강산이 두 번이나 바뀌는 시간을 오로지 육아에만 전념할 수 있을까 하는 생각도 들더군요.

생각은 꼬리에 꼬리를 물었고, 그 해답을 찾기 위해 매일 숫로에게 질문을 하며 답을 찾아갔어요. 아무리 생각해도 아이를 키우기 위해 20년 동안 육아에만 올인할 수 없다는 결론이 나왔죠. 어차피 육아는 장기전이니까요. 아이들이 기본적인 생활을 스스로 할 수 있는 초등학교 고학년이 될 때까지 기다리면 적어도 10년이라는 시간이 필요하죠. 아이들의 인격 형성에 가장 큰 영향을 미치는 나이에요. 동시에 한 인간의 인생 주기상 커리어 성장이 가장 큰 시기이도 해요. 10년이라는 시간은 하나의 분야만 파고들어도 전문가의 수준에 오를 만큼 긴 시간이죠. 여러 가지를 고려하면, 육아의 절정기 10년은 엄마가 새로운 커리어를 쌓을 수 있는 황금기이기도 해요.

퇴사 후 두 번째 커리어를 위해, 이른바 '엄마의 자기 계발'을 시작했어요. 아이가 어릴 때부터 자기 계발을 시작하니, 주변에서 말리는 사람이 많더군요. 이유인즉슨, 아이가 아직 어리니 육아에만 올인하라는 훈수 아닌 훈수였어요. 엄마가 일을 한다면 에너지가 분산되어 아이가 잘 될 리 없다는 게 그분들이 말하는 이유였어요. 저를 생각해서 한 조언이겠지만, 일하면서도 아이를 잘 키운 엄마들도 있지 않을까 하는 생각이 들더군요. 그런 생각으로 엄마 이후의 삶을 잘 살아낸 롤 모델 엄마를 찾아다녔어요. 아쉽게도 가까운 주변에서는 일과 육아를 병행하며 잘 사는 선배 엄마를 찾지 못했어요. 주변 분들의 말처럼 아이의 교육에 올인한 엄마 아니면 자기 커리어에 관심이 더 많은 엄마. 양극화된 엄마 상(象)이 전부였죠.

주변이 아닌, 책 속에서 롤 모델 엄마를 찾아봤어요. 다행히도 재테크에 성공하며 아이를 훌륭하게 키운 엄마가 있었어요. 엄마가 되어 사업을 시작하여 중견 기업을 일구면서도 아이들을 전문직으로 키운 엄마도 심심치 않게 책 속에 등장했어요. 희한

하게 그분들의 조언은 주변 엄마들과는 달랐어요.

"아이들은 부모가 성장하는 것을 보고 자란다. 부모가 꿈이 있고 그것을 이루어 간다면 아이들은 어릴 때부터 성장하는 것을 자연스럽게 보고 큰다. 그런 아이들은 성인이 되어도 자신의 꿈을 이루며 살아갈 확률이 높다."

엄마인 자신도 성장하고, 아이도 성장시킨 엄마들의 지혜였죠.

부자들은 '둘 다 가질 수 있다'고 생각해요. 반대로 평범한 사람들은 '하나를 잘 해내기도 어렵다'라고 생각합니다. 둘 다 가질 수 있다고 생각한 부자들은 자신의 일에서도 큰 성과를 이루어 부자가 돼요. 그런 정신을 물려주어 아이들도 잘 되는 경우가 많고요. 반면 하나를 잘 해내기도 어렵다고 생각하는 사람들은 자신의 생각처럼 일이나 자식 교육 하나도 제대로 해내기 어려워해요.

엄마의 삶에도 부자 마인드를 가지면, 선택의 폭은 다양해져요. 육아만 하기도 벅차다고 생각한다면 진짜로 육아 하나만 하면서도 "힘들다." 생각하며 살게 돼요. 반면, "일하면서 아이를 키우는 게 오히려 힐링 돼요."라고 생각하는 엄마라면 즐거운 마음으로 일하면서도 아이를 잘 키울 수 있죠. 모든 것은 생각하기에 따라 달라지니까요.

제가 만약, 전업맘 시절 '육아만 하기에도 힘들어. 자기 계발은 무슨?'이라고 생각했다면 어땠을까요? 아이들이 어느 정도 자란 지금까지도 육아만 하며 "힘들다." 소리를 입에 달고 살고 있을 거라 생각해요. 다행히 그때, '일과 육아를 병행하면서도 충분히 아이들을 잘 키울 수 있다'라고 생각했기에, 그 생각대로 일과 육아를 병행하는 데도 오히려 삶의 만족도는 높아졌어요.

우선, 일을 할 수 있다는 사실 자체가 엄마의 자존감을 높여 줘요. 엄마가 일해서 돈을 벌기 시작하면 우리 가족이 누릴 수 있는 좀 더 풍요로운 삶에 가까워질 수 있잖아요. 엄마가 일함으로써, 아이들에게 좋은 교육을 시킬 수 있다고 생각하면 가슴이 벅차오르기도 하죠. 어차피 육아 20년 동안 아이만 바라보며 살 것이 아니라면, 조금은 고되더라도 엄마가 자신을 커리어를 쌓는 것은 오히려 삶의 활력소가 되기도 한답니다.

물론 일과 육아를 병행하기 위해서 더욱 철저하게 시간을 관리하고, 바쁜 생활을 영위해야겠죠. '왜 나 혼자만 일과 육아를 병행하며 힘들게 살아야 하나?' 하고 부정적인 생각이 스멀스멀 찾아올 때도 있을 거예요. 그러나 긴 호흡으로 생각해 봐야 해요. 사실, 아이를 다 키우고 다시 사회생활을 시작하는 것 자체가 큰 부담이니까요 또한, 경제적으로 남편에게 의지하는 것도 장기적인 관점에서 보면 엄마의 경제 독립을 가로막는 일이에요.

어차피 육아 20년이 피할 수 없는 상황이라면 이 시간을 잘 이겨내는 것이 현명해요. 엄마 자신을 믿고 조금씩 앞으로 나아간다면, 아이들도 엄마의 일을 지지하고 응원해 주는 날은 멀지 않아 찾아올 수 있잖아요. 현실에서는 육아가 발목을 잡을지라도, 더 나은 미래를 위해 엄마가 자기 계발을 해야 될 이유는 이것만으로도 충분하지 않겠어요?

하루 1시간.
나를 돌보는 시간을 먼저 가져라

엄마의 하루는 정신없이 지나가요. 아침에 일어나 아침밥을 하고, 아이들을 챙기죠. 집안일을 하다 잠깐 커피 한 잔 마시고 '뭐 좀 해 볼까?' 하면 바로 아이들이 올 시간이 되죠. 또다시 아이들을 간식을 챙기고, 놀아주고, 학습을 봐 주다 보면 어느새 저녁이 돼요. 그 후, 저녁 식사를 준비하고, 설거지에 마무리를 하다 보면 잠잘 시간이죠. 무한 도돌이표 인생. 아마 대부분은 마치 직장인처럼 루틴 하게 '엄마의 하루'를 보내고 있을 거예요. 분명 분주한데, 지나고 보면 한 일 없이 1년이 훌쩍 지나가 있어요.

엄마가 되고 시작된 이런 반복적이고 단순한 활동들은 엄마를 더욱 트렌드에 무디고, 변화하는 사회에 적응하지 못하도록 만들어요. 저도 엄마가 되고 난 후, 활동 범위는 급격히 제한됐어요. 집 → 아이와 관련된 인간관계 → 또 집. 이런 순환이 반복되다 보니, 당연히 자극이 없었죠.

전업맘 시절, 하루 종일 아이 육아와 집안 살림에 시달리다 보면 일터에 나가 일을 하는 것보다 더 피곤한 게 신기했으니까요. 육아의 고단함을 이겨내기 위해 제가 했던 일은 오늘도 고생한 나를 위해 직장인일 때 하던 버릇처럼 맥주 한 캔을 마시며 드라마를 보는 거였어요. 그 시간이 유일한 낙이었죠. 그런 시간들을 보내면서, 엄마가 되고 딱 1년 만에 '이렇게 살다가는 한순간에 바보가 되겠구나'하는 생각을 뼛속까지 느껴야 했어요. 제한된 시간에 엄마가 오롯이 자기 자신을 위해 할 수 있는 일도 사실 없었고요.

그때 생각해 낸 방법은 하루 30분이라도 나 자신을 위한 시간을 의식적으로 만드는 일이었어요. 주로 아이들이 잠자는 시간을 활용했죠. 가장 먼저 드라마를 끊었어요. 죽은 시간을 살려 생산적인 시간으로 만들어야 한다는 생각에서였죠.

육퇴 후 하루 30분에서 1시간. 이 귀한 시간을 활용할 수 있는 방법은 어떤 것이 있을까요? 제가 선택한 것은 독서와 글쓰기였어요. 큰아이를 임신하고 시작한 독서 태교와 일기 쓰기는 아이가 태어난 이후 잠시 중단하고 있었어요. 그때 느꼈던 마음이 편안해지는 느낌과 하루가 정리되는 기분을 다시 느끼고 싶었어요. 그때부터 아이를 재우고, 식탁에 앉아 복잡한 내 머릿속을 지우기 시작했어요. 하루 종일 내 머릿속을 가득 채웠던 육아와 살림에서 벗어나 오롯이 '나'라는 사람으로 대면하는 작업. 그것이 제가 육퇴 후 나를 돌보며 가장 먼저 한 일이에요. 잃어버린 나의 정체성을 되찾고, 엄마의 무게에서 벗어나 할 수 있는 일들을 찾는 시간이었죠.

나를 돌보는 시간에는 과거에 가졌던 부정적인 의식을 버려야 해요. 사람은 과거에 벌어졌던 경험으로 현재를 살아가잖아요. 만약 내가 쌓아온 시간들이 부정적인 감정에 물들어 있다면 그런 시간을 훌훌 털어내는 것이 좋아요. 엄마 역시 감정노동자니까요. 아이들의 감정을 받아내고, 가끔은 남편의 마음도 어루만져줘야 하잖아요. 그런 상황에서 엄마 자신의 감정을 깨끗하게 지켜내는 것은 쉬운 일이 아니죠. 그럴수록 자신의 감정에 솔직해지는 연습을 하고 부정적인 의식을 걷어 내야 해요.

제가 알고 있는 지인은 어린 시절에 부모에게 사랑받지 못했던 억울함이 자신이 엄마가 되고 나자 '분노'라는 감정으로 올라

왔다고 해요. 엄마가 되고 나면 누구나 내면의 아이가 괴롭히곤 하죠. 영·유아시절 부모에게 받았던 부정적인 느낌이 있다면 최대한 빨리 해소하는 것이 좋아요.

'자기 돌봄'은 엄마가 성장하기 위해 가장 먼저 거쳐야 되는 1단계 과정이에요. 흔히 성장을 하고 싶다고 하면서 '꿈'을 앞세우거나, '돈'이 앞서는 엄마들을 만나게 돼요. 물론 엄마가 되어 새롭게 가지는 꿈도 소중하고, 내 아이의 양육을 위해 돈을 버는 것도 옳아요. 하지만 엄마의 성장을 위해 '자기 돌봄'이 우선이 되어야 하는 이유는, 자신을 챙기지 않은 상태에서 새로운 커리어를 쌓아 올리거나, 돈을 번다고 하더라도 금방 무너지기 때문이에요.

누구나 엄마가 되면 '자존감 실종'을 경험해요. 단순한 육아와 살림을 반복하다 보면, 내가 일을 했던 사람인지 혹은 돈을 벌었던 사람인지조차 잊어버리게 돼요. 사회생활에 대한 감도 예전 같지 않고, 빠르게 변화하는 사회에 적응하는 것은 더욱 어렵죠. 그렇기 때문에 하루 종일 일과 육아에 치여 자기를 돌볼 시간이 없는 엄마라면, 자기 혼자 조용히 있을 수 있는 시간을 마련하여 '자기 돌봄'의 시간을 가지면 좋아요.

'자기 돌봄'을 하는 시간에 가져야 하는 의식은 '자아 바라보기' 와 '자기 사랑 선언'이에요. 저 또한 전업맘이 되어 육아와 살림을 하다 보니 수시로 '머리가 예전 같지 않다', '시대의 변화를 받아들이는 게 어렵다'고 느꼈어요. '다시 사회로 돌아가지 못하면 어쩌지?'하는 불안감이 저를 괴롭힐 때도 있었고요. 이대로 동네 아줌마가 되어 주저앉을까 봐 두려워하던 때도 분명 있었죠. 그러한 불안감을 잠재우기 위해 가장 먼저 했던 활동이 바로 '자기 돌봄'이에요. 자기 돌봄 시간은 온전히 '나'를 위한 시간으로 활용하셔야 돼요. 철저하게 혼자가 되어 그 시간에 명상, 글쓰기, 독서를 통해 나에게 집중하면서 나를 달래고 보듬어주어야 해요. 마치 한 아이를 키우듯요.

아이를 키울 때를 생각해 보세요. 아이가 울면 우는 이유를 찾게 되죠. 아이가 짜증을 내면 짜증 내는 원인을 찾아 제거해 주기도 하고요. 아이의 욕구 불만을 해소하기 위해 이처럼 애쓰면서도 정작 엄마 자신은 홀대하는 경우가 있죠? 시간이 없다는 이유로 선 채로 대충 밥을 물에 말아 김치 한쪽으로 때우기도 해요. 아이의 옷과 신발은 항상 새것으로 챙기면서도 엄마 자신은 옷 한 벌로 버티기도 하고요. 똑똑한 아이로 키우겠다면서 몇 백만 원짜리 전집을 선뜻 주문하면서도 자신이 읽을 책 한 권 사는 것조차 망설이기도 하고요.

자기 돌봄의 핵심은 나를 아이 돌보듯 아껴주는 것이랍니다. 가끔 자신에게 맛있는 식사를 대접하기도 하고, 혹은 커피숍을 가더라도 예쁜 원피스를 입고 가는 거죠. 아이 책을 10권 사 줬으면 엄마 자신을 위한 책도 한 권 정도는 사면서 정신적 결핍을 채워야 하는 거죠. 이렇게 엄마가 되면서 잃어버렸던 엄마 자신의 취향을 하나씩 다시 찾고, 아이를 대하듯 정성껏 돌볼 때에만 잃어버렸던 자아를 다시 찾을 수 있어요.

하루에 딱 한 시간만, 고요히 앉아서 '나'라는 사람을 안아주고 보듬어 줘요. 그런 시간들이 쌓이다 보면 땅바닥으로 떨어졌던 자존감은 서서히 제자리로 돌아오니까요. 그럴 때만 내가 앞으로 다시 무엇을 배우고 또 어떻게 나아갈지에 대한 감이 오기 시작할 거예요. 다시 한번 기억해요. 성장하는 엄마는 자기 돌봄부터 시작한다는 사실을요.

글쓰기로 '새로운 자아' 깨우기

아이들을 키우면서 가장 힘든 것은 뭘까요? 열 손가락을 모두 접어도 부족할 만큼 엄마의 삶은 고충의 연속일 거예요. 불규칙한 수면 시간, 아무리 쪼개도 나의 시간은 없어요. 육아는 체력전이라는데, 그 체력이 예전 같지 않아요. 생명을 키워내는 세상에서 가장 고귀한 일을 하면서도 보상은 없어요. 늘어가는 뱃살과 눈가의 주름만 훈장처럼 남을 뿐이죠. 그런 현실을 마주할 때마다 엄마의 삶은 우울해요.

저는 엄마가 되어 가장 어려웠던 점이 '정체성의 혼란'이었어요. 결혼 전, '평생 결혼 안 하고 혼자 살 사람'으로 보일 만큼 자유분방한 성격이었어요. 그랬던 제가 엄마가 되어 하루 종일 아이들과 씨름하며 육아에 전념하다 보니 육체적으로 고될 뿐만 아니라 정신적으로도 피폐해졌어요. 육퇴 후 찾아오는 물음, '나는 누구인가?'의 답을 찾느라 혼자 고군분투하며 지냈죠.

사람이 새로운 일을 시작하는 것보다 가지고 있던 모든 것을 내려놓는 일이 더 어려운 거 아시죠? 엄마가 되어 직장 생활, 외부 강사일, 각종 모임과 여행 등 나의 전부였던 삶을 포기한다는 것은 생각보다 많은 용기가 필요했어요. 그 후 시작된 두 번째 삶을 위해 또다시 새로운 세계를 설계하고 앞으로 나아가기 위해서도 또 한 번의 두려움을 극복해야 했어요.

막상 두 번째 삶을 계획하려니 한마디로 막막했어요. 오랫동안 직장 생활을 하며 경주마처럼 앞으로만 달려왔던 저였거든요. 직장 생활을 하면서도 계속해서 탐색하고 수많은 준비를 하며 살아 왔어요. 그러나 '직장인'이라는 눈가리개를 벗어던지고 새로운 세상과 마주했을 때 낯선 세계를 받아들이는 수용의 자세가 먼저 필요했어요.

새로운 삶을 다시 설계하기 위해, 우선 자기 돌봄 과정을 마친 저는 본격적으로 글쓰기를 시작했어요. 육아, 살림, 시댁, 친정, 미래 등 내 머릿속은 엉켜있는 실타래처럼 풀리지 않았는데요. 복잡한 생각을 덜어 내기 위해, 머릿속에 가득한 생각을 글로 풀어내기 시작했어요. 가장 먼저 시작한 일은 제 감정을 알아차리는 거였어요. 육퇴 후, 어느 순간 펼쳐진 하얀 노트에 사각사각 적어 놓은 글들을 마주하며 제 감정을 객관화했죠. 제대로 글쓰기를 시작하자마자 제가 처한 현실에 목이 메어 눈물이 뚝뚝 떨어지는 거예요. 억울하거나 슬퍼서가 아니라 제 감정이 치유되면서 흘리는 일종의 카타르시스 같은 눈물이었어요.

글쓰기의 재미에 빠진 저는 다음 날도, 또 다음 날도 글을 쓰기 시작했어요. 두 번째로 살게 될 미래는 아직 불투명했고, 현실은 갑갑했지만 글을 쓰는 동안 묘한 성취감을 느껴졌거든요. 그렇게 과거부터 시작하여 현재, 혹은 내가 원하는 미래까지 글을 통해 풀어 놓고 나니 더 이상 눈물이 나오지 않은 순간이 왔어요. 감정의 찌꺼기들은 글이라는 화학반응을 통해 깔끔하게 퇴비가 되었고, 곪았던 과거의 상처에서 새살이 돋아나고 있었어요. 글쓰기를 통해 저는 다시 태어났어요. 엄마의 자궁에서 세상 밖으로 나갈 준비를 하는 아이처럼 말이죠. 그제야 글쓰기를 통해 다시 세상과 소통할 궁리를 하기 시작했어요.

'이제부터 무엇을 할까?'

'앞으로는 내가 진정으로 원하는 삶을 살 거야.'

그때부터인 것 같아요. 제 마음속에서 잠자고 있던 또 다른 자아가 말을 걸어왔어요. 글쓰기는 과거와 현재의 시간을 연결하는 교환기가 되어 교신하기 시작했어요. 아주 어릴 적 눈치 보지 않고 세상에 덤볐던 어릴 적 제 모습이 떠올랐어요. 가장 나다운 모습으로 하나씩 발현하고 싶은 욕망이 치솟아 오르기 시작했어요. '나는 누구인가?' 하는 근본적인 문제를 질문하면서, 스스로 저의 정체성에 대한 답을 찾아 나갔어요.

제1의 자아 : 두 아이의 엄마, 한 남자의 아내(현재의 나)
제2의 자아 : 책을 쓰고 강의를 하는 사람, 나의 가치를 세상에 내놓는 사업가(미래의 나)

꾸준하게 글을 쓰면서, 잿빛 안개처럼 보이지 않던 '나'라는 사람의 색깔이 조금씩 드러나기 시작했어요. 그 누구도 나라는 사람을 정의해 주지 않았지만, 스스로 '나'를 정의함으로써 '나는 누구인가'에 대한 답을 찾아나갔던 거죠.

글쓰기는 이처럼 육아나 살림을 하며 퇴색했던 엄마의 '자아'를 깨워주는 도구가 돼요. 정신없는 엄마의 삶에 사유하는 시간은 절대적으로 부족해요. 자기 시간을 가지려고 하면, 어느새 아이들이 방해를 하니까요. 엄마가 아닌 '나'로 살아가기에는 엄마의 삶은 생각보다 팍팍하잖아요? 변화나 성장에 대한 강렬한 갈망이 있어야만 가능한 일이에요.

만약 엄마로만 살다가 어느새 자신의 삶이 아쉬워지거나 이렇게 살아서는 안 되겠다는 자기 연민이 든다면, 글쓰기를 해 보라고 추천하고 싶어요. 글쓰기의 주제는 무엇이든 다 좋지만, '자아'를 깨우기 위해서라면 주제는 '나'였으면 해요. 글쓰기의 테마를 '나'로 정하는 이유는 하루 24시간 중 오로지 나를 마주할 기회가 없기 때문이에요. 글쓰기를 하는 순간만큼은 아내의 자리, 엄마의 역할, 며느리의 부담을 내려놓고 오직 자신을 위해 글을 썼으면 좋겠어요.

엄마를 위한 '나' 테마 글쓰기 주제

1. 엄마 명함 빼고, 나는 어떤 사람인가?

2. 내가 좋아하는 것은 무엇인가?

4. 무엇을 할 때, 가장 행복한가?

5. 내가 생각하는 나의 재능은?

6. 자유가 주어진다면, 가장 먼저 하고 싶은 일은?

7. 사람들에게 말 못 했던 어릴 적 나의 꿈은?

8. 나는 지금의 삶에 만족하는가?

9. 여유가 생긴다면 배우고 싶은 것은 무엇인가?

10. 나에게 가슴이 두근거리는 삶이란?

저는 엄마가 되어 글쓰기를 통해 '참자아'를 깨운 사람이에요. M. 배절 페닝턴 O.C.S.O는 그의 저서 《참자아 거짓 자아》에서 거짓 자아를 외적 자극에 의해 만들어지고, 내적으로 자신의 욕망을 채우기 위해 만들어진 것이라고 말하거든요. 참자아는 거짓 자아와는 반대로 본연의 나의 모습이라고 생각하시면 돼요. 저는 글쓰기를 통해 그동안 살아온 삶은 끊임없이 외적 자극과 나의 욕망으로 채워진 '거짓 자아'라는 것을 깨달았어요. 지속적인 글쓰기를 통해 제 자신과 인터뷰할 수 있었어요. 그러면서 본연의 제 모습과 조우하는 행운을 얻었답니다.

글쓰기가 육아라는 늪에서 저를 건져올린 정신과 의사 역할을 했던 거죠. 더 나아가 자아 인식을 통해 자기를 이해하는 과정으로 진행할 수 있었어요. 그 누구보다 자신을 있는 그대로 마주하기 어려운 것이 우리 엄마들의 삶이지요? 그렇기 때문에 많은 엄마들이 '자아상실'을 겪게 되는 거죠. 이전과는 전혀 다른 삶을 받아들이는 것은 한 인간으로서 너무도 어려운 일이잖아요?

엄마라는 새로운 포지션은 아이를 낳는 순간, 바로 받아들일 수 있는 것이 아니에요. 아이가 커 가면서 엄마라는 역할을 점점 수용하는 것일 뿐이죠. 반대로 엄마가 아닌 인간으로서의 본연의 자신은 잃어 가게 되는 거죠. '나'를 지키면서 엄마 역할을 동시에 수행하는 일은 분명 쉬운 것은 아니에요. 그렇지만 엄마라면 그런 과정은 한 번쯤 겪어 봤으면 해요. 그런 단계를 거치면서 엄마의 역할을 받아들임과 동시에 '나'를 잃지 않을 수 있으니까요.

엄마에게는 시간적인, 금전적인 여유가 모두 없어요. 다행히 글쓰기는 시간이나 돈의 여유가 없어도 충분히 할 수 있는 일이에요. 노트 한 권과 하루 30분 전후의 시간만 나에게 할애할 수 있다면 가능해요. 글쓰기가 저의 어릴 적 상처를 치유하고, 앞으로 나아갈 수 있는 힘을 주었기에, 많은 엄마들이 그런 경험을 했으면 좋겠어요. 엄마로만 살지 않기 위해, 진정한 나 자신으로 마주하며 더 나은 삶을 위해서 말이죠.

인생의 로드맵을 다시 한번 점검하고 가자

코로나19 이후, 대한민국 경제는 급속도로 어려워졌어요. 치솟는 물가, 인플레이션, 부동산 경기 침체와 주가 하락으로 인한 자산 가치의 하락. 먹고살기도 어려운 이 시대에 꿈은 어느덧 사치가 되어 버렸어요. 특히 오랫동안 집안일을 하다가 다시 사회에 나오고 싶은 엄마라면 꿈이고 뭐고, 일단 용돈이라도 벌고 싶겠죠. 좋은 징조라고 생각해요. 엄마가 조금 고생해서 번 돈으로 아이들 학원비에 보태거나, 맛있는 식사를 준비할 수 있으면 얼마나 좋아요. 미루었던 여행도 한번 가고 나를 위해 무언가를 할 수 있다는 생각에 절로 미소가 지어지죠.

제가 두 번째 인생의 로드맵을 짜려고 했을 때, '현실'과 '꿈'

이라는 이상 사이에서 많은 고민을 했어요.

'내가 가진 능력 범위에서 당장 할 수 있는 일을 할 것인가?'

'아니면 조금 더 준비를 한 후에 내가 하고 싶은 일을 할 것인가?'

사춘기 소녀처럼 매일 마음이 분주하여 갈피를 잡을 수가 없었어요. 머리를 싸매고 고민을 해봤자, 상황은 바뀌지 않았죠. 퇴사 후, 다시 인생 로드맵을 짜려고 했을 때 눈앞이 캄캄했어요. 그동안 트렌드는 무척 변했으니까요.

'내가 10년 이상 사회생활을 했던 사람이 맞나?'

'벌써 돈 버는 감각을 까먹은 거야?'

별의별 생각이 다 들었어요.

회사에 다닐 때에도 다양한 탐색을 통해 '1인 기업'을 해보겠다고 결심했지만, 막상 아이를 키우며 다시 무언가를 하려고 하니 막막하기만 했어요. 일단 롤 모델부터 찾아야겠다고 생각했어요. '육아와 일이라는 두 마리 토끼를 잡기'에 성공하신 1인 기업 혹은 사업가들이었죠. 막상 롤 모델을 찾으려고 하니, 이것 또한 쉽지는 않더라고요.

그럼에도 불구하고 찾고 또 찾아 자녀교육과 자신의 커리어에서 성공적인 성과를 이룬 분들을 직접 만나 뵐 수 있었어요.

여러 차례 수소문을 하여 그분들을 찾아가서 만나고 이야기를 나누었어요. 20년 이상 아이를 양육하며 자신의 사업체를 이끌고, 아이들까지 잘 키워 낸 분들이었죠. 그분들이 해 주신 지혜 어린 말씀을 들으며, 제 나름대로 큰 그림을 그리는 것이 필요하다는 생각을 하게 되었어요.

제가 정한 방법은 아이들의 성장 속도에 맞춰 저의 인생 로드맵과 꿈의 방향을 설정하는 것이었답니다. 이렇게 생각한 데는 여러 이유가 있는데요. 엄마가 되면서 아이들을 떼어 놓고 생각할 수 없다는 것이 그 첫 번째 이유고요. 대략 아이들이 성인이 되기까지 20년이라는 꽤 긴 시간이 나에게 주어지기에 긴 호흡으로 커리어 전략을 짜야 한다는 점이에요.

두 번째 나의 삶의 로드맵을 짜면서 가장 먼저 해야 될 일은 현실을 직시하는 거죠. 현재 자신의 상황을 객관적이고 냉정하게 판단할 수 없다면 무엇을 채워 넣어야 할지 알 수 없거든요. 반대로 가슴 아프지만 내 현실을 올바르게 판단했다면 거기서부터 다시 시작할 수 있어요.

전업맘 시절, 인정하는 것이 쉽지는 않았지만 제가 처한 상황은 '퇴사한 백수, 애 둘 딸린 전업맘'이었어요. 이러한 현실에서 제가 할 수 있는 일이란 파트타임으로 할 수 있는 간단한 일밖에 없었어요. 그런 일조차 이미 회사를 나온 지 오래되어 감이 떨어진 상황이라 할 수 있을지도 불투명한 상황이었고요.

오도 가도 못하는 상황. 하지만 모든 위기는 기회라고 생각해요. 스스로 위기라고 생각한다면 거기서 멈춰 버리지만, 기회라고 생각하면 도전할 수 있는 계기가 되죠. 그러면 '꿈이냐? 돈이냐?' 하는 문제는 자연스럽게 해결이 되겠죠. 꿈을 이루고, 그 꿈을 돈으로 바꾼다면 꿈과 돈 중에서 양자택일할 것이 아니라 꿈과 돈을 모두 잡을 수 있어요. 그때부터 저는 엄마 이후의 삶에 대한 인생 로드맵을 다시 짜기 시작했어요.

현재 모습을 바꿀 수 없는 상황이라면, 그런 현실을 가슴 깊이 받아들이고 다시 계획을 세우고 나아가면 되는 일이니까요. '육아'는 제가 통제할 수 없는 부분이었어요. 아이의 성장 속도에 맞춰 그 시기에 아이에게 해 줘야 할 것도 있고요. 예를 들면, 36개월 전까지는 애착 형성에 신경을 쓰고, 4~7세까지는 다양한 자극 활동, 초등학교 입학 이후에는 그 시기에 맞는 학습이 필요

해 보였어요. 그런 아이들의 성장 속도에 맞게 제 인생의 로드맵을 짜기 시작했어요. 아주 단순해요. 노트 한 권을 펼쳐 놓고 아이의 나이와 엄마의 나이를 3년 단위로 나눠요.

아이나이	0~3세	4세~7세	8세~13세	14~19세	20세 이후
아이의 성장	애착관계	다양한 자극	1차 학습기	사춘기, 2차 학습기	성년
엄마나이	30세~33세 (35세~37세)	34세~37세 (38세~41세)	38세~43세 (42세~47세)	44세~49세 (48세~53세)	50세 이후 (54세 이후)
엄마의 성장	인풋단계	도약기	1차 성장기	2차 성장기	안정기

위처럼 인생 로드맵을 짤 때, 아이의 성장 속도에 따라 엄마의 성장 시기를 대략적으로 구분하면 자신에게 맞는 속도로 조절할 수 있어요. 단 3세 아이를 키우는 엄마가 중학생 아이를 둔 엄마처럼 여유가 있을 수는 없겠죠. 같은 나이의 엄마라고 할지라도 아이의 나이에 따라 활동 범위도 제약이 따를 수밖에 없어요. 따라서 아이의 성장 속도에 맞추어 엄마의 인생 속도를 조절하고, 그에 맞는 성장 단계를 정하는 것이 좋아요.

앞서 말했듯이 인생 로드맵을 짜다 보면 '돈이 먼저냐, 꿈이 먼저냐'를 고민할 때가 있어요. 이 또한 개인적인 상황에 따라 차이가 있어요. 가계 사정상 돈이 필요한 경우라면 돈을 먼저 벌어야 해요. 그러면서 시간을 쪼개 꿈을 위한 발돋움을 하는 것이 좋겠죠. 반대로 가계 사정이 나쁘지 않거나, 자신의 발전에 투자할 자금 여유가 있다면 미래를 준비하며 오래 할 수 있는 일을 찾는 것이 더 현명하고요. 중요한 것은 '현실 직시' 단계에서 내현 상황과 더불어 가정 경제 상황까지 고려해야 한다는 점이에요. 저의 경우 '꿈'을 선택했어요. 엄마 이전의 삶에서 충분히 현실적으로 살면서, 재직 시절 제2의 인생을 위한 꿈의 통장에 돈을 모아 두었기 때문에 가능했어요.

아무리 훌륭한 꿈이 있다 하더라도 그것이 현실이 되기까지는 일정 기간은 배가 고프고, 인풋만 해야 되는 시기가 있기 마련이에요. 그런 시기에는 수입 없이 투자금만 들어갈 수밖에 없어요. 아이 키우면서 끊임없이 배우고 투자해야 되는 때에 돈에 대한 압박이 있으면 몰입하기 어려워요. 따라서 현재 나의 자금 상황을 잘 고려하여 인풋 기간과 투자 금액을 설정하는 것이 좋아요. 그후 인풋 했던 내용과 시간을 고려하여 나의 꿈이 돈으로 바뀔 수 있다는 확신이 든다면 더욱 열정적으로 일을 해서 성과를 내야 해요. 인풋 한 시간이 비로소 '자본'으로 바뀌는 순간이죠.

인풋만 하고 아웃풋이 없을 때는 아무것도 아닌 하루가 어떻게 장밋빛 미래로 바뀌는지 보이지도 않아요. 그러나 하루가 쌓여 한 달이 되고, 한 달이 모여 1년이 돼요. 그런 시간을 견디면 나의 능력으로 아웃풋 할 수 있는 시기가 와요. 그러므로 조급해하지 말고, 자신만의 인생 로드맵을 상상하며 꾸준하게 해 나가는 인내심이 필요해요.

엄마 이후, 나만의 인생 로드맵을 새롭게 설정하는 시간을 가져 보세요. 하찮게 보이던 나의 인생 로드맵이 큰 그림이 되어 나의 삶을 채워 나가니까요. 그 속에서 엄마는 새로운 삶을 나아갈 힘을 얻어요. 새로운 삶에서 다시 반짝반짝 빛날 모든 엄마들을 항상 응원합니다!

20프로의 지분을 엄마 자신에게 투자하라

"나한테 투자할 돈이 어디 있어?"

"애 키우기도 바쁜데, 자기 계발을 언제 해?"

엄마가 되어 만나는 분들에게 자기 계발을 권유하면 자주 듣는 말이에요. 씁쓸하지만 모두 맞는 말이죠. 나한테 투자할 돈이 있으면 아이들 학원 하나라도 더 보내줘야 하고, 자기 계발할 시간에 아이들 간식 하나 더 챙겨야 하니까요. 우리 엄마들의 삶은 왜 이렇게 여유가 없는 걸까요? 한정된 돈과 시간에서 언제쯤이면 자유로워질까요? 안타깝게도 그런 시간은 아이들이 대학교는 가야 오지 않을까 싶어요. 그마저도 대학 등록금을 마련하려면 남편의 벌이가 수직 상승해야 가능하겠네요.

회사를 나와 전업맘으로 살았던 지난 3년이라는 시간 동안 가장 부족한 것이 시간과 돈이었어요. 그중에서도 돈이 가장 부족했던 것 같아요. 맞벌이 부부로 풍족한 삶을 누리다가 혼자 벌어 네 식구가 나누어 쓰기 시작하면서 돈 관리의 중요성을 뼈저리게 느꼈어요. 다행스러운 것은 취학 전의 아이들을 키웠기에 사교육비에 대한 부담은 없었어요. 그럼에도 남편이 주는 매달 생활비를 쪼개고 쪼개어 알뜰살뜰 살림도 해야 했고, 적금도 부어야 했죠. 그러다 보면 당연히 엄마인 나에게 돌아오는 돈은 턱없이 부족했죠.

　　동네의 옷 가게를 돌며 세일하는 옷을 뒤지면서 문득 이런 생각이 들었어요.

　　'어차피 옷을 사도 아이들 키우느라 몇 번 못 입을 텐데, 지금 이 옷들이 나에게 무슨 소용이람? 차라리 옷값을 아껴서 나에게 투자하자.'

　　왜 그때 그런 생각이 들었는지 모르겠지만, 제 안에 어떤 울림이 있었어요. 이렇게 작은 소비로 순간의 쾌감을 추구하다가는 몇 년 뒤에도 또 여기서 세일하는 옷만 사는 그저 그런 동네 아줌마가 될 수도 있겠다는 경각심. 그건 작은 내면의 소리였어요.

　　한 번은 함께 문화센터에 다니는 엄마들을 만나면서 스스로를 자각하는 사건이 있었어요. 자식에게 최고급 옷을 입히고, 최신상 육아 아이템을 구매하면서 자기만족을 하는 아이들의 친구 엄마들을 볼 때였어요.

'과연 아이들이 저런 고가 옷을 사주면 좋아할까?'

그때 또 한 번 내면으로부터의 외침이 있었어요.

'아이들에게 고가 옷을 사 주지는 못할지라도 더 넓은 세상을 보여주는 엄마가 되자.'

처음 '나'를 위한 투자로 옷값, 커피값을 아껴서 책을 사서 읽기 시작했어요. 돈도 시간도 부족한 엄마가 할 수 있는 가장 현실적인 투자가 바로 독서였기 때문인데요. 큰아이를 임신할 때부터 독서를 통해 태교를 했기 때문에 그런 좋은 습관은 계속 이어 나가고 싶기도 했어요. 앞서 말한 제 삶의 로드맵에 따라 지금부터 천천히 나에게 투자한다면 지금과는 전혀 다른 삶을 살수 있을 것 같다는 확신이 들었어요.

독서로 시작한 자기 계발은 글쓰기로 이어졌고, 글쓰기는 곧바로 책을 쓰는 일로 이어졌어요. 책을 쓰는 일을 꾸준하게 지속하면서 나만의 콘텐츠를 만들어 낼 수도 있었고요. 그때의 작은 결심은 6년이 흐른 지금 책을 쓰며, 글쓰기와 책 쓰는 방법을 알려주는 코치가 되도록 만들어 줬어요. 그때 했던 노력에 시간이 힘이 쌓이니 저에게는 큰 경쟁력이 되어 돌아왔어요.

　6년 전, 제가 처음 자기 계발을 위해 투자를 할 때만 해도 남들보다 풍족해서 한 것은 아니었어요. 여느 엄마들과 똑같이 생활비를 받아서 살림을 했으니까요. 대신 육아에 들어가는 비용은 최대한 합리적으로 계획했고, 나에게 들어가는 비용을 최소한으로 하는 전략을 짰죠. 그때 남편이 주는 생활비에서 무조건 20~30%(보너스를 줄 때는 40%)는 저축을 했어요. 그 후 나머지 돈으로 살림을 했고요. 제가 책을 사는 데 투자한 돈은 모두 아이에게 쓸 돈 10%, 내가 생각 없이 쓰는 돈 10%를 절약하여 만들어낸 돈이었어요. 또한 심도 있게 공부하기 위해 필요한 수강료는 재직 시절 모아 두었던 돈으로 충당했어요. 아이가 어릴 때, 돈을 버는 것보다 나에게 투자하면서 다양한 것들을 간접 경험하고 배우면서 자기 계발에 집중했던 거죠.

　많은 엄마들에게 "자기 자신에게 투자하라."라고 하면 질색해요. 그렇게 하면 남는 돈이 별로 없다는 게 첫 번째 이유라고 해요. 이어서 아이가 어느 정도 큰 다음에 시작해도 늦지 않다는 두 번째 이유를 들어요. 아쉽게도 그렇게 말했던 엄마들은 6년이 지난 지금도 같은 자리에서 신세한탄을 하며 살고 있는 경우가 많아요. 아이가 커서 무언가를 배우고 시작하기에 여유가 있을 것 같죠? 그때는 아이들에게 더 많은 돈이 들어가야 할걸요.

엄마인 나 자신에게 '투자'하기 위해서는 우선 소비와 투자의 개념을 확실히 알아야 해요.

'투자는 나를 성장시켜 주는 것이고 소비는 순간의 만족으로 끝나는 일'.

이렇게 정의를 하면, 책을 사거나 강의를 들으면서 내가 모르는 세계를 알아가는 데 드는 비용이 결코 아깝지 않을 거예요. 또한 내가 투자하며 배웠던 지식은 언젠가는 나에게 큰 도움이 됩니다.

따라서 엄마가 돈을 어떻게 쓰느냐에 따라 엄마 자신의 성장 뿐만 아니라 아이들에게도 영향을 미쳐요. 사람은 자신이 경험한 세계만큼 세상을 보고 판단할 수 있는 안목이 생기잖아요. 엄마의 시야가 좁다면 아이들에게도 동네만 한 세계를 보여 줄 수밖에 없어요. 반면 엄마의 시야가 넓다면 아이들에게 글로벌한 세계를 알려줄 수 있겠죠. 따라서 엄마 자신에게 투자하고 자신의 세계관을 넓히는 일은 단순히 엄마 자신에 대한 투자를 넘어, 아이들 양육에도 영향을 미치는 일이에요.

유럽에서 도시락 사업으로 큰 부를 일군 켈리 최 회장님은 《웰씽킹》에서 엄마가 일과 육아라는 두 마리 토끼를 잡기 위해서는 자신에 대한 투자를 늘리라고 조언해요. 아무래도 남자가 사회적으로 성공하는 일보다 양육의 많은 부분을 차지하는 엄마가 커리어적인 성과를 내는 일이 쉽지 않기 때문일 텐데요. 그러나 아이를 양육하는 기간에 지출하는 것이 투자라고 생각하고 자기 계발을 게을리하지 않는다면 사회에 나와 적응하는 일이 그리 어렵지만은 않아요. 즉 경력 단절되는 시기를 줄일 수 있기 때문에 돈을 벌 수 있는 시기도 앞당길 수 있어요. 그뿐만 아니라 자기 계발로 다져진 자존감과 자신감을 통해 어떤 일을 하든지 성과로 이어질 확률도 높아지죠.

돈이 없다고 불평할 것이 아니라, 현명한 지출을 통해 투자할 돈을 만들어야 해요. 남편이 주는 생활비 중에서 일부는 나의 지분이에요. 나의 지분을 일시적인 만족감을 느끼기 위해 써버린다면 몇 년 뒤 더 많은 것을 잃어버려야 할지 몰라요. 따라서 생활비의 20%의 지분을 나를 위해 투자해야 돼요. 나를 키우는 엄마는 세상의 변화가 두렵지 않아요. 이미 준비가 되어 있기 때문에 내게 오는 기회를 잘 포착해 나가기만 하면 되거든요. 다시 한번 상기시켜 드릴게요. 자신에게 투자할 수 있는 엄마가 진정으로 아이들에게 본보기가 되는 엄마입니다.

3단 분리 시간 관리로 프로 엄마가 돼라

엄마는 늘 바빠요. 돌아서면 설거짓거리가 쌓여있고, 하루라도 청소를 안 하면 집은 난장판이 돼요. 분명 하루 종일 종종걸음 하면서 바쁘게 움직이는데도 매일같이 할 일이 생겨요. 결혼 전, 회사에서 육아와 일을 병행하며 고군분투하는 회사 선배들을 보며 고민을 했었지요.

'엄마가 되면 회사에 남을 것인가? 아니면 돌아가지 않을 것인가'

결국 돌아가지 않는 길을 선택했어요. 일만 하며 살던 사람이라 살림에는 소질이 없었어요. 남들 하는 만큼만 하면 집안이 잘 돌아가는 줄 알았죠. 매일 아이에게 젖을 물리는 젖소처럼 때가 되면 아이들에게 모유 수유하면서 '육아'도 내 체질이 아닌가 하는 생각도 했어요. 원피스는커녕, 목 늘어난 티셔츠와 헐렁한 운동복 바지가 저의 베스트 패션이었고요. 트렌드요? 트렌드는 점점 남의 이야기가 되어 버렸어요. 육아맘으로서 지낼 때만 해도 선의를 위한 경쟁도, 당장 밥벌이를 위한 눈치는 없는 삶이라 편할 것이라고 생각했어요. 그런데 몸은 분주히 움직이는데, 머리는 점점 굳어 가는 삶이랄까요?

'스스로 시간을 관리하지 않으면, 이렇게 3년, 5년, 10년 시간이 흐르겠구나. 결국 아이가 크면서 내가 성장하지 않으면 나는 다시 사회로 못 돌아가겠구나.'

몸은 바빴지만 육퇴 후 찾아오는 자아 정체성의 혼란과 더불어 위기의식이 들 때였어요. 앞서 언급한 자기 돌봄과 함께 집 나간 체력을 보충하는 일이 시급하다는 것을 알았어요. '자기 돌봄', '글쓰기', '자기 계발'을 하려면 육퇴 후에도 살아남을 수 있는 체력이 필요하니까요.

우선, 체력을 키우기 위해 주 3회 운동을 했어요. 저녁 식사 후, 매주 3회 1시간 30분씩 운동에 시간을 할애했어요. 부족한 시간을 쪼개어 요가와 필라테스를 병행하며 무너진 체력을 보강했죠. 여러분 그거 아세요? 뭐든 새롭게 시작하려면 '동기'와 '의지'가 필요한데요, 몸이 건강하지 않으면 그런 동기나 의지가 생기지 않아요. 몸도 힘든데 다른 것을 배우고 도전할 기력이 안 되는 거죠.

만약 새롭게 도전하고 싶은데 동기가 안 생기거나 의지가 없다면 걷거나 뛰면서 체력을 먼저 키워야 돼요. 체력이 되면요, 육아와 살림을 하면서도 다른 무언가를 해보고 싶은 의지가 생겨요. 그때부터 내면을 채우는 작업을 하면 돼요. 일단 건강이 뒷받침 되어야 정신적으로 결핍된 것이 무엇인지를 알 수 있으니까요. 건강을 챙기면서 내면을 채우는 작업은 지속하는 힘을 주거든요. 체력을 키우면서 정신적인 결핍을 채우며 천천히 레벨 업을 시도하는 거죠. 한 달에 한 권의 책을 읽었다면 다음 달에는 두 권을, 그다음 달에는 4권으로요. 시간이 쌓이면서 책을 읽는 속도도 빨라지고 양도 많아지면서 정신까지 건강해지는 것을 느낄 수 있을 거예요.

아이가 어릴수록 시간을 내기가 더 어렵잖아요. 저는 당당히 주변 사람들에게 도움을 요청했어요. 도움을 받을 사람이 없을 때는 보육 도우미 제도를 활용해서 시간을 돈을 주고 사기도 했어요. 그렇게 얻은 소중한 시간은 대부분 새로운 지식을 쌓기 위해 강의를 듣는 데 활용했죠. 가정 보육을 하는 동안, 아이가 낮

잠자는 시간도 아끼고 아껴 블로그 콘텐츠 만드는 작업을 꾸준하게 했어요.

작은 아이가 두 살이 되어 전문 보육 기간에 보내자 내 시간이 많이 생기더라고요. 자칫하다가는 이 시간도 엄마 친구들과 커피숍에서 수다를 떨다가 그냥 흘러 보낼 것 같았어요. 이때부터 본격적으로 시간 관리에 힘을 쏟았어요. 이름하여, 3단 분리 시간 관리법이에요.

엄마의 시간 관리 중 가장 어려운 것은 '통제 불가능한 시간'이잖아요. 예를 들어 육아하는 시간은 엄마 자신이 통제할 수 있는 시간이 아니잖아요. 엄마 역할도 중요하기 때문에 이 시간만큼은 전폭적으로 아이들 육아에 집중해야 되는 시간이기도 하죠. 이런 점을 이해하고 가장 먼저 시간 분리 작업을 했어요.

내가 통제할 수 없는 시간 : 아이들이 하원 후, 잠들 때까지.
내가 통제할 수 있는 시간 : 아침 6시~7시 시간, 아이 등원
후 오전 10시~4시 20분까지

이렇게 단순하게 내가 통제할 수 없는 시간과 통제할 수 있는 시간으로 분리하고 나자, 더 명확하게 내가 통제할 수 있는

시간이 보였어요. 바로 아침 한 시간과 아이 등원 후 5시간 정도 죠. 그 후 통제할 수 있는 시간 세 텀(아침, 오전, 오후)을 또 분류했죠.

내가 성장하는 시간 : 새벽 혹은 아침 시간 1~2시간
내가 일하는 시간 : 오전 10시~4시

이렇게 통제 가능한 시간을 분리하고, 당장 할 수 있는 것들을 적어 보면 시간을 효율적으로 관리할 수 있어요. 여기서 잊지 말아야 할 것은 '나를 성장시키는 시간'을 두어야 하는 거예요. 사람은 성장한 만큼 다른 세계를 볼 수 있으니까요. 또한 지금은 변화가 미약하여 티가 잘 나지 않지만 나를 성장시키는 시간은 언젠가 더 큰 내가 되도록 보상해 주니까요. 이때 정했던 '내가 성장하는 시간'은 6년이 흐른 지금도 이어지고 있어요.

또 하나는 '일할 수 있는 생산적인 시간'을 확보하는 거예요. 다행히 저의 경우는 아이가 어릴 때부터 꾸준하게 자기 계발을 해 왔기에 조금 수월한 면이 있었어요. 그 때문에 아웃풋 하는 시간을 아이들이 등원하고 난 오전, 오후 시간으로 잡았죠. 그 후 아이들이 등원한 후 직장인처럼 같은 시간에 자리에 앉아 창

업 준비를 했어요. 내가 정한 '일을 하는 시간'에는 집안일도 하지 않았죠. 직장에 나가는 것처럼요. 이 시간을 제외한 나머지 시간에 집안 일과 육아에 집중하면 충분히 시간을 효율적으로 관리할 수 있어요. '성장하는 시간' 확보를 통해 인풋 시간을 늘리고, 생산적으로 일하는 시간에 더 몰입하면 나중에는 내가 하고 싶은 일로 새로운 커리어를 충분히 만들어 낼 수 있어요.

엄마의 시간 관리는 3단계로 분리하면 단순하고 쉽게 접근할 수 있어요. 아직까지 한국 사회에서는 여자가 남자들보다 가정 일에 더 많은 시간을 할애하는 것도 사실이잖아요. 그렇다 보니, 남자들에 비해 다양한 사람을 만나 자극을 받을 기회도 적어요. 공부하고 배우지 않으면, 빠르게 변하는 트렌드를 따라가는 것이 버거운 게 현실이죠. 이런 상황이 쌓이다 보면 어느새 사회에 다시 나오는 것은 불가능해져요.

모든 자기 계발은 '시간 관리'에서부터 시작해요. 특히 엄마는 그 누구보다 시간이나 에너지가 한정되어 있잖아요. 싱글일 때에 비해 내가 통제할 수 있는 시간이 턱없이 부족해요. 그렇다고 하루 24시간 내내 통제 불가능한 것은 아니죠. 정신없는 엄마의 하루라도 잘 생각해 보면 의외로 낭비되는 시간이 많아요. 아무렇지 않게 엄마 친구들을 만나 커피숍에서 수다만 떨어도 3시간은 금방 지나가죠. 못 봤던 드라마를 보겠다고 마음먹고 TV를 켜는 순간 한나절이 순삭 되었던 일이 얼마나 많아요? 그런 시간들을 모아 생산적인 일을 하는데 시간을 쓴다면 충분히 자신을 성장시킬 수 있어요.

생각해 보세요. 세계적인 기업의 CEO들도 하루 중 일부의 시간을 떼어 자신이 성장하는 데 투자한다고 하잖아요. 엄마의 삶이 정신없이 흘러가는 것은 사실이지만, 세계적인 CEO들보다는 훨씬 단조로울 거예요. 그렇게 생각한다면, '시간이 없어서', '육아나 살림만 하기에도 정신이 없어서'는 모두 자기 합리화일 거예요. 시간을 관리하는 엄마가 성장한답니다. 성장하는 엄마의 하루에는 결코 '시간이 없다'는 핑계가 없어요.

우아하게 엄마 아닌 '나'로 브랜딩 하는 법

'셀프 브랜딩' 시대에요. SNS의 발달로 이제는 누구나 자신의 재능과 매력을 뽐내는 시대가 되었죠. SNS만 잘 활용해서 전업주부에서 사업가로 멋지게 변신한 성공 신화가 심심치 않게 들려요. 인스타그램 하나로 육아 크리에이터로 광고비를 받는 엄마, 주부의 일상 콘텐츠를 시작으로 해서 엄마들이 필요한 생활용품을 공구하는 엄마, 브런치에 글을 올렸다가 출간 제의를 받아 작가가 된 엄마까지. 남자들에 비해 상대적으로 공감 능력이 뛰어난 엄마의 반란이 시작됐어요. SNS을 통해서요.

저 역시 쳐다보지도 않았던 SNS에 관심을 가진 것은 엄마가 되고 난 후 일이에요. 일기 쓰기로 시작한 글쓰기가 확장되어 블로그에 관심을 가지게 되었어요. 엄마로만 살다가는 나의 숨겨진 재능이 그대로 사장될까 봐, 일단 블로그에 나의 일상을 기록하는 것부터 시작했어요. 그러면서 책 출간을 준비했어요. 제 꿈이 '책을 쓰고 강의를 하는 사람'이었기 때문이었죠. 현실은 자도 자도 잠이 부족한 어린아이의 엄마였고, 똥 기저귀 갈면서 '이유식이 잘 못 됐나?' 하고 고민하는 엄마였지만요. 그럼에도 엄마 말고, '나'로 살고 싶다는 욕구로 SNS 눈을 돌리기 되었어요.

블로그에 하나씩 나의 일상을 공유하면서 이미 성공한 엄마들이 눈에 들어오기 시작했어요. 똑같이 아이를 키우는 엄마임에도, 철저한 시간 관리로 SNS를 잘 운영하고 있었어요. 그뿐만 아니라 셀프 브랜딩에 성공하여 사업을 이끌어 가시는 분들도 많았어요.

엄마가 되어 꾸준하게 성장하는 분들의 공통점이 뭔지 아세요? 명확한 목표의식이 있다는 점이에요. 하고자 하는 바가 분명했고, 육아나 살림으로 바쁜 가운데에서도 시간을 내어 자신의 이루고자 하는 바를 밀고 나간 거죠. SNS 브랜딩에 성공하신 분들은 모두 꾸준함의 미덕을 가지고 있어요. 차곡차곡 블로그 콘텐츠를 만들어 하나의 포트폴리오로 만들며 커리어를 이어 나가신 분들이었어요.

SNS 브랜딩을 통해 재설계한 라이프를 만들어 가기 위해서는 가장 먼저 '나'라는 사람을 알리고 앞으로 하고 싶은 일을 선포해야 해요. 사생활 노출을 싫어하시는 분들은 나라는 사람을 세상에 드러내는 일이 쉽지 않을 수 있어요. 하지만 모든 일에는 적응이 필요한 법이잖아요? 처음에만 어렵지 일단 하기 시작하면 나를 드러내는 일은 자연스럽게 된답니다.

저는 지금 SNS 브랜딩과 책 출간을 통해, 드림 워커로 하고 싶은 일을 하며 살고 있는데요. 한 가지 일을 꾸준하게 연구하며 실력을 쌓았더니 지금은 출판 기획과 책쓰기 코치, 글쓰기 강사, 퍼스널 브랜드 코치 일을 하게 되었어요. 다시 '나'를 찾고 이렇게 전문적인 일을 할 수 있었던 것은 일찌감치 '브랜딩'의 중요성에 눈을 떴기 때문이에요. 퇴사 후 새로운 삶을 설계하면서 가장 많은 시간과 노력을 할애 한 일이 바로 '나의 전문성'을 찾는 일이었어요. 나의 전문성을 바탕으로 사업가가 되는 것이 저의 간절한 목표였거든요.

엄마가 아닌 '나'로 살기 위해 처음 브랜딩을 시작할 때가 가장 어려워요. 하지만 요즘 같은 시대를 살아가는 엄마들에게는 필수불가결해요. 정년이 보장된 교사나 공무원이 아닌 이상 나이가 들수록 회사에서 입지를 굳히기 힘든 것이 바로 워킹맘이니까요. 또한 전업맘이라 할지라도 오래 일을 쉬어서 다시 경력을 쌓으려고 하면 받아주는 회사가 거의 없어요. 경력이 끊겨 일을 하는 감을 잃어버렸고, 나이 또한 많은 데다가 애까지 있는 엄마를 환영하는 회사는 많지 않겠죠? 이런 상황에서 엄마 자신 스스로가 미래를 개척해야 되는 것은 현실이에요. 내가 살고 있는 곳에서 작은 공부방이라도 오픈하려면 '엄마'의 이미지가 아닌 '선생님' 혹은 '초등 공부 전문가'라는 이미지로 인식되어야 하잖아요.

그렇다면 어떻게 엄마가 아닌 '나'로 브랜딩 할 수 있을까요? 지난 6년이 넘는 시간 동안 제가 '전문적인 커리어'를 쌓을 수 있었던 비결을 소개해 볼게요.

1.

'나'에 대한 이해와
정의를 먼저 해 보세요.

퍼스널 브랜딩은 내가 어떤 일을 하는 사람인지를 알리는 일이에요. 따라서 '나'라는 사람이 어떤 일을 하고 싶은지에 대한 명확한 정의가 필요해요. 특히 엄마가 아닌 나로 살기 원하는 분들이라면 나만의 특화된 분야 혹은 전문성이 필요한 분야가 있어야 하겠죠? 그 때문에 내가 누구인지에 대한 이해가 절실하답니다. 이 단계에서는 나의 장·단점의 이해, 현재의 위기 상황, 지난 커리어에 대한 경력 등을 충분하게 생각해 봐야 해요.

2.

앞으로 하고 싶은 일을
생각해 보세요.

나에 대한 이해가 끝났다면 이제 앞으로 내가 하고 싶은 일을 떠올려 보세요. 미래에 내가 하고자 하는 일은 '메타인지'를 바탕으로 이루어져야 해요. 나의 강점은 살리고, 약점은 최대한 줄이는 일이어야 성과로 이어지기 쉽겠죠? 또한 이전 경험이나 경력을 조금 더 보강할 수 있는 일이라면 브랜딩 하기에 훨씬 수월할 거예요. 엄마가 되어도 '꿈'이 있는 엄마는 항상 생기가 넘치고 가족들에게 활기를 불어 넣을 수 있어요. 당장 하고 싶은 일이 없다면 평소에 관심 있는 분야라도 꾸준하게 배우면서 앞으로 하고 싶은 일을 생각해 봤으면 좋겠어요.

3.

'나'를 먼저 알려 보세요.

SNS는 친근함을 기반으로 팬덤이 형성해 가는 구조입니다. 잘 알지도 못하는 사람에게 호감을 느끼지는 않잖아요? 적어도 안면이라도 있는 사이가 되어야 호감이 생기겠죠. 이를 위해 나를 모르는 불특정 다수라 할지라도 그들에게 '나'라는 사람을 먼저 알리는 일이 선행되어야 한답니다. 그래야만 '나'라는 사람을 좋아해 주는 사람이 생기죠.

4.

전략적으로
SNS을 통해
브랜딩하면서
커리어 포트폴리오를
쌓아보세요.

그동안 전략 없이 주변 지인들과 일상을 공유하는 목적으로 SNS을 운영하지 않았나요? 다른 관점에서 SNS를 바라볼 필요가 있어요. 유명한 셀럽이 아닌 사람들은 나의 일상은 큰 관심이 없겠죠?
그러나 테마가 있는 일상이라면 다를 거예요. 여행이 일상이라면 여행 콘텐츠를 만들어 올리면 돼요. 하지만 일상이라 할지라도 사람들에게 호감이 가는 내용이나 자신이 앞으로 가고자 하는 방향을 고려해야 돼요.

5.

전문성을 고려한
콘텐츠를 공유해 보세요.

나에게 이미 인정할 만한 콘텐츠가 있다면 그 내용을 중심으로 잘 정리하여 공유해 보세요. 만약 아직 없다면 전문성을 고려하여 내가 알고 있는 지식이나 경험을 콘텐츠로 만들어 올리면 좋아요. 이때 사람들의 욕구를 파악하여 유익하고 도움 되는 내용을 공유하면 좋아하겠죠?

위와 같은 방법으로 SNS를 통해 나만의 고유성으로 브랜딩 해봐요. 시간이 쌓이면서 나는 한 분야를 대표하는 전문성을 인정받게 될 테니까요. 처음부터 '되겠어?'라고 생각하지 말고 '한 번만 해 보자'라는 긍정적인 마음으로 접근해 보세요. 엄마가 아닌 '나'로 살아갈 날이 분명 온답니다. 그날을 위해 꾸준하게 나의 포트폴리오를 쌓으면 돼요. 우아하게 살고 싶은 엄마라면 '엄마 브랜딩'이 답임을 잊지 말자고요.

꿈꾸고 성장하는 엄마는
환경 탓을 하지 않는다

그 많던 엄마 친구들은 어디로 갔을까요? 엄마가 되어 이루어지는 인간관계는 아이들의 성장에 따라 변해가요. 아이가 처음 태어나 만난 조리원 동기 모임은 초보 엄마들끼리 서로 육아정보, 육아 템을 공유하며 급속도로 친해지죠? 마치 남자들이 군대에서 만난 인연으로 느끼는 전우애처럼 끈끈해요. 아쉬운 건, 서로 울고 웃으며, 마음 좋였던 조리원 동기 엄마 모임은 워킹맘들의 복직 시기가 되면 끝이 나죠.

아이가 어린이집에 들어가면서 아이의 친한 친구 엄마와 자연스럽게 친해지고, 삼삼오오 만나기 시작하면서 소그룹 형식의 엄마 친구 모임이 형성되더라고요. 초등학교 입학도 마찬가지고요. 아이들의 성장과정에서 엄마의 신분으로 만난 엄마 친구들의 이야기 소재도 대부분은 육아, 교육이 주를 이뤄요. 만남의 횟수가 많아질수록 자연스럽게 아이들 아빠 이야기, 시댁 이야기들을 나누게 돼요. 친분이 두터워질수록 가끔 푸념을 늘어놓거나, 고민 상담이라고 말을 하곤 들어 보면 대부분은 시댁과 남편에 대한 불만이 대부분이에요.

처음에는 아이들의 친구 엄마들과의 교우 관계를 위해 만났던 모임이 어느 순간 불편한 자리로 느껴지기 시작할 때가 있어요. 본의 아니게 알게 된 엄마 친구의 사정이 대부분은 "시댁 지원이 없어 작은 집에 사는 게 싫다", "내 친구들 보니까 남편이 잘 벌어서 편하게 살더라. 나만 아니다."라는 현재 상황에 대한 불만들이에요.

한 번은 성장하는 엄마들이 모이는 모임이라는 곳이라는 곳에 참석한 적이 있었어요. 발전적이고 성장에 관해 서로 이야기를 나눌 수 있을 것 같아 시간을 내어 간 모임이었죠. 모임의 테마 자체가 '성장'임에도 불구하고 조금 친해지기 시작하면 분위기는 바뀌었어요. 시집을 잘 못 가서 고생만 한 이야기, 지금이라도 남편과 이혼하는 것이 맞을까 하는 고민. 10년 넘게 육아만 하면서 자신의 인생이 억울하다며 눈물을 흘리는 분도 계셨어요.

한때 직장 생활을 하며 화려한 시절을 보내고, 눈부시게 아름다웠을 20대를 지나온 엄마들이 왜 이렇게 투덜이 스머프가 되었을까요? 여러 차례 엄마들의 모임에 참여하며 나름대로의 원인을 파악하기 시작했어요. 결국 가정이라는 좁은 울타리에서 오랫동안 육아를 하고 살림을 하다 보니 성장할 기회를 얻지 못했기 때문이라는 결론을 얻을 수 있었어요.

살림과 육아를 하는 전업맘이라면 시간적인 제약 때문에 다양한 사람들을 만날 여유가 없잖아요? 아이와 남편, 그나마 아이들이 맺어준 엄마 친구들이 대부분이니까요. 그렇다 보니 자극을 받을 기회는 자연스럽게 줄어들어요. 비교할 수 있는 상대라고 해보았자 나와 비슷한 시기에 결혼한 친구, 동네에서 자주 만나는 엄마들이죠. 자기보다 형편이 나아 보이는 엄마 친구들을 만나면 내 남편이 못나 보이고, 나보다 더 잘 사는 엄마 친구들을 보면 시댁을 잘 못 만난 것 같아요.

글쓰기 강의를 하며 만났던 엄마 교육생들도 글쓰기 과제를 내면 대부분 시댁과 남편에 대한 불만으로 가득해요. 어디서도 못 한 말들을 글쓰기로 풀어내면서 카타르시스를 느낀다는 이야기도 들었어요. 그럴 때마다 나는 글쓰기 조언은 제쳐 두고 인생 조언을 해 주곤 해요. 잘나가는 엄마들을 부러워하지 말고, 나 자신을 객관적으로 파악하여 지금부터 성장하면 된다는 말을 덧붙이기도 하고요.

많은 여자들이 부러워하는 '결혼 잘 한 여자'들은 대부분 불공정 거래가 이루어진 경우는 거의 없어요. 전문직 남자를 만나 결혼을 잘한 여자는 누가 봐도 그 자신이 능력 있는 여성분들인 경우가 많아요. 강남 부잣집에 시집을 갔다는 여자는 알고 보면 그만한 재력을 갖춘 집안에서 태어난 외동딸인 경우가 많고요. 아는 친구는 자기 능력에 비해 부잣집에 시집 잘 갔다고요? 물론 정말로 운이 좋아 시집을 잘 갔을 수도 있지만, 대체로 그런 경우에는 시댁에서 여자의 희생을 많이 요구해요. 겉으로 보기에는 신데렐라 같은 결혼을 한 사람조차 남모를 고충을 참고 살고 있어요. 결혼 후 남편의 능력이나 시댁의 재력이 따라 여자의 삶이 바뀌는 것은 냉혹한 현실입니다. 하지만 그것이 여자의 인생을 결정짓는 것은 아니에요.

시집 잘 간 옆집 엄마와 나를 비교하기보다는 내가 그에 맞게 성장한 사람인지를 따져 보는 것이 정신 건강에 더 좋아요. 만약 지금 내 상황이 불행하거나 경제적으로 어렵다면 남편의 능력이나 시댁의 재력을 탓하기보다 엄마인 내가 성장하면 다 해결되는 문제이니까요.

결혼한 이후에 알게 된 분이 있어요. 그분은 결혼 후 남편의 사업이 부도가 났어요. 집에서 살림만 하던 분이셨는데, 갑자기 생활비를 벌어야 되는 상황에 처하게 된 거예요. 그분은 보험 세일즈부터 시작하여 돈을 모았어요. 그 후 작은 가게를 오픈했고요. 20년이 지난 지금은 큰 사업체로 키우며 기업의 CEO가 되셨어요.

만약 그분이 자신의 남편을 탓하고, 시댁을 욕하고 다녔다면 결혼 후 새로운 삶을 살 수 있었을까요? 아니라고 생각해요. 매사 불만 불평이 많은 사람들에게는 결코 기회가 오지도 않고, 오던 행운도 달아나 버릴 테니까요.

엄마가 되어 아가씨 시절보다 더 빛나는 삶을 사는 사람들을 잘 살펴볼게요. 그들은 매사에 긍정적이에요. 자신의 운명을 스스로 결정하고 개척할 만한 자신감이 충만한 사람들이죠. 환경을 탓하기보다, 시궁창 같은 환경이라도 오히려 그 환경을 극복하며 성장해 나가요. 성장하는 시간들이 쌓여 그들에게 새로운 기회가 손을 내밀고, 운이라는 파랑새가 찾아온 경우가 많아요.

생각해 보면, 저도 그야말로 쉽게 되는 일이 없는 사람일 때가 있었어요. 실패할 때마다 세상 탓을 했어요. 저 자신이 탁월한 성과를 내지는 못하면서 회사가 나라는 인재를 몰라준다고 원망도 했죠.

지금은 달라요. 하는 일마다 좋은 성과를 내고, 마치 행운의 여신이 나를 도와주는 것처럼 잘 풀리는 인생을 살고 있어요. 과연 제가 정말 운이 좋은 사람일까요? 설마 행운의 여신이 저 혼자만 도와주겠어요? 단지 세상을 바라보는 저의 관점이 바뀌었을 뿐이죠. 그동안의 여러 시행착오들이 실수나 실패를 줄일 수 있게 도와주었답니다. 되는 일이 없을 때마다 주저 않고 싶었던 나약한 마음이 한 번의 작은 성취에도 감사한 마음으로 변화하면서 내게 오는 행운의 횟수가 늘었을 뿐이죠.

세상에 공짜로 주어지는 것은 아무것도 없어요. 인풋 없는 아웃풋은 절대 존재하지 않고요. 노력하지 않고 얻을 수 있는 것은 없어요. 환경도 마찬가지예요. 이미 선택한 결혼 후의 환경을 탓하기만 하면 결국 성장할 기회마저 놓치게 돼요. 내가 성장한 만큼 그 보상으로 주어지는 것이 기회이고 행운이라는 사실을 기억해야 돼요. 그럴 때만 성장할 수 있고 그에 맞는 '나다움'을 갖추게 될 테니까요.

STORY 2.

육아로 성장하는 엄마

[조동임]

진짜 엄마가 되었다

엄마가 되었습니다. 2007년 1월. 제 나이 서른 살에 엄마가 되었죠. 저는 아무 준비도 계획도 없이 엄마가 되어 버렸어요. 아이가 태어나면 당연하게 얻게 되는 이름 '엄마', 여자라면 누구나 듣게 되는 이름이라 생각했기에 저 역시 별생각이 없었답니다.

저희 친정엄마는 자식밖에 모르는 분이셨어요. 본인의 삶은 영영 없어지고 자식을 위한 삶만 남은 엄마. 자식의 행복이 곧 당신의 행복이라 생각한 엄마. 전형적인 50년대 한국의 어머니셨죠.

저는 친정 엄마처럼 모든 것을 희생하는 어미가 되지 않겠다고 다짐했습니다. 그런 저였기에 아이를 낳아도 내 삶은 달라지는 것이 없을 거라고 확신했죠. 내 삶을 포기하고 아이들을 위해 사는 것은 바보 같은 행동이라고 생각했어요. 나는 아이를 낳아도 긴 머리를 유지할 것이며, 예쁘게 화장을 하고, 또각또각 하이힐을 신을 수 있을 거라고 호언장담했죠. 나는 엄마가 되어도 나만의 시간을 꼭 갖겠다는 의지도 다졌습니다.

큰아이를 낳고 난 후, '엄마'라는 말이 나오지 않았습니다. 엄마라는 단어가 어색했고 나와는 어울리지 않는 옷을 입은 것마냥 이상했어요. 하지만 곧 익숙해지더라고요. 아이를 보며 "엄마 여기 있어.", "엄마랑 놀고 싶니?"라는 말들이 어느 순간 자연스럽게 흘러나왔어요. 나를 보고 방긋 방긋 웃는 녀석을 보면 이 세상을 다 가진 것 마냥 어찌나 행복하던지요. 엄마라고 부르며 아장아장 걸어오는 딸아이를 보면 눈물이 날 만큼 가슴이 벅차올랐죠. '눈에 넣어도 아프지 않다'라는 말이 이해가 되더군요. 이렇게 이 세상 무엇과도 바꿀 수 없는 소중한 나의 딸을 품에 안으며, 저는 엄마가 되었습니다.

첫째 딸과 연년생으로 둘째 딸이 태어났고, '나도 이제 베테랑 엄마가 되었구나'라고 생각했어요. 누구보다 아이들을 잘 키우고 싶다는 생각에 아이들을 위해 육아에 관한 많은 책을 읽었고, 부모교육이 있는 곳에는 어디든지 쫓아다녔답니다. 육아서와 부모교육을 통해 누구보다도 훌륭한 엄마가 될 수 있을 것이라 생각했거든요. 누구보다도 훌륭한 엄마, 누구보다도 멋진 엄마가 되는 것이 나의 꿈 중의 하나가 되었습니다. 저는 책을 읽고 책 속에 나와 있는 것들을 육아에 적용시키려 했고, 부모 교육을 들으며 선생님들이 하는 이야기를 가슴속 깊이 간직하고 절대 잊지 않기 위해 노력했습니다. 이렇게만 하면 나는 세상 최고의 엄마가 될 것이라 생각했던 거죠.

연년생 아이를 키워보셨나요? 쌍둥이 키우는 것 못지않게 둘을 키우는 것은 생각처럼 쉬운 일이 아니더군요. 정말이지 내 시간은 1초도 없었어요. 쉴 시간도 없었고 밥을 편히 먹을 수 있는 시간조차 나에게 허락되지 않는 일상. 싱크대 앞에 서서 찬물에 밥을 말아 대충 몇 숟가락 떠먹는 것이 전부인 생활. 이런 상황에 몇 시간씩 잔다는 것은 나에게 사치였죠. 화장실 문을 열고 큰일을 치르고 있는 모습을 상상해 보세요. 화장실 문을 열어놓고 눈으로는 큰아이를, 등에 매달려 있는 작은 아이에게는 입으로 반응하며 볼일을 봐야 할 정도였으니 내 시간이 어디 있었겠어요? 이렇게 웃픈 상황이 저의 일상이었답니다.

이런 상황인데 잠은 제대로 잘 수 있었을까요? 잠을 제대로 못 자니 일 년 열두 달 입병을 달고 살았죠. 웨이브가 있던 길고 풍성했던 머리는 한 움큼씩 빠졌고, 뱃살은 물 빠진 풍선 마냥 흘러내리니 여자라는 단어는 저와 어울리지 않게 되었죠. 엄마가 되기 전까지는 메이크업 아티스트 뺨칠 만큼 예쁘게 화장을 하고 다녔는데, 마음 편히 씻을 수도 없는 엄마가 된 상황에서 화장은 상상조차 못했어요. 옷장에 걸린 예쁘고 화려한 옷에는 먼지가 쌓여갔고, 또각또각 하이힐은 그림의 떡이 되고 말았습니다.

저는 이렇게 조금씩 사라져간 것 같아요. 이제 내가 아닌 '엄마'가 되고 있었던 거죠. 하지만 엄마인 나의 모습은 아름다웠을 거라고 생각해요. 화장기 없는 얼굴에 긴 머리를 자른 지 오래지만 엄마로서의 내 모습은 누구보다도 빛났을 거예요.

항상 잠을 제대로 자지 못하니 피곤함은 최대치였지만 아이들과 함께 있으면 내 안의 에너지가 꿈틀거렸습니다. 아이들은 나의 삶의 전부가 되었고, 나는 그런 변화가 결코 싫지 않았어요. 여자로서의 나보다 두 아이의 엄마가 된 내 모습이 더 큰 기쁨이었고, 행복이었거든요. 내가 엄마가 되었다는 것이, 두 아이의 엄마임이 뿌듯했죠.

네. 아이들이 어려서 엄마의 보살핌이 있어야 할 때는 그랬어요. 아이 둘을 키워야 하니 일단 전업주부의 길을 선택했지만, 단 한 번도 저의 일과 꿈을 포기한 적은 없었답니다. 아이들을 가르치는 일을 했던 저인지라 언제든 다시 일을 할 수 있었고, 제가 하고 있는 일을 사랑했기 때문에 내 아이를 양육한다는 이유로 일을 포기할 생각은 없었습니다. 언제든 나의 일과 나로서의 인생을 다시 시작하겠다는 다짐을 포기한 적은 없었던 거죠.

〈애착 이론〉을 창시한 정신 분석학자 존 보울비의 설명을 빌리자면, 영유아 시기 엄마와 애착관계가 잘 형성되어야만 문제 해결 능력이 향상되고, 주도적인 모습으로 성장한다고 합니다. 저는 아이들이 주도적이고 독립적으로 자라길 바랐어요. 그래서 아이들이 어렸을 때는 애착관계가 잘 형성될 수 있도록 함께하는 것이 맞다는 결론을 내리게 된 것이죠. 애착관계가 잘 형성된 아이들이 주도적이고 독립적으로 자란 후에 나의 일과 나의 인생을 다시 펼치면 되니까요. 엄마가 되었기 때문에 나의 꿈, 내 인생을 포기하는 것이 아니라 더 나은 아이들과 저의 미래를 위해 일보 후퇴를 했던 것입니다.

엄마가 되었기 때문에 나의 커리어가 없어지고 모든 것을 포기해야 한다고 생각하지 마세요. 엄마가 되었기 때문에 나의 커리어는 더 쌓이는 것이고, 엄마가 되었기 때문에 더 단단한 내가 만들어지는 것이니까요. 엄마가 된 지금, 당신의 모습도 충분히 아름답다는 것을. 그리고, 대단한 경험치가 쌓이고 있다는 것을 잊지 마세요. 이러한 경험치는 내 인생을 살 수 있는 원동력이 된답니다.

아이 셋을 낳고 진짜 엄마가 되다

연년생 두 딸을 키우며 진짜 엄마가 되었다고 생각했던 적이 있어요. 이 세상 최고 강한 엄마가 되었다고 생각한 거죠. 그런데, 셋째가 태어나면서 그런 나의 생각은 큰 착각이자 오만이었다는 것을 깨닫게 되었습니다.

2011년 1월은 예정일보다 일찍 태어난 2kg의 작고 작았던 셋째 녀석이 나를 진짜 엄마로 만들어 준 달이랍니다. 그날은 많이도 추웠어요. 눈은 왜 그리도 많이 내리던지…. 진짜 엄마가 된 날, 저는 참 많이 울었습니다. 펑펑 내리는 눈을 볼 때에도, 웃음소리가 흘러나오는 TV 프로그램을 볼 때에도 눈물만 흘렸죠. 심지어 잘 자라주고 있는 큰아이들을 볼 때도 하염없이 눈물이 났고, 작디작은 셋째를 볼 때는 주체할 수 없는 울음이 터져 나왔어요. 이 세상에 존재하는 모든 것들을 대할 때마다 가엾게 태어난 셋째 생각에 일상생활이 어려울 정도로 매일 울고, 또 울던 2011년 1월이었습니다.

"정확한 병명은 알 수 없지만, 여러 가지 문제가 있네요. 어떤 것도 확답할 수 없는 상황입니다."

지금도 잊히지 않는 의사 선생님의 말은 제 가슴에 비수를 꽂았습니다. 아무것도 확답할 수 없다. 그 말을 듣고 알게 되었죠. 우리 아이는 보통 아이와는 다른 아이라는 것을요. 많이 아픈 아이라는 것을요. 머리를 세게 맞은 것처럼 어떤 생각도 할 수 없었습니다. 내가 할 수 있는 일이라고는 세상의 모든 신을 원망하고 미워하는 일뿐이었죠. 신을 탓하고 나를 탓하고, 제 마음이 이해되시나요? 감기에만 걸려도 마음 아픈 것이 엄마인데 병명조차 알 수 없는 병에 걸린 2kg의 아기를 보는 제 마음은 갈기갈기 찢어졌습니다.

'진짜 엄마? 강한 엄마? 내가?'

제가 할 수 있는 것은 아무것도 없었어요. 커다란 고통 앞에 무너질 뿐이었죠. 첫째와 둘째를 키우며 무엇이든 다 잘할 수 있을 것 같은 자신감 가득이었던 제 모습은 보이지 않았습니다. 베테랑 엄마라고 생각했던 오만과 자만에 대한 죄책감이 밀려왔어요. 모든 것이 나의 탓이라는 생각에 하루하루 버티기가 어려운 나날이었습니다.

셋째가 태어나면서부터 병원 생활이 시작되었어요. 아픈 동생 탓에 5살, 4살 어린 딸들은 매일 밤 엄마를 그리워하며 잠들어야만 했고 아무것도 해줄 수 없는 저 역시 매일 밤 울며 잠들었습니다. 5살 큰딸은 4살 동생이 엄마가 보고 싶다며 울 때마다 본인의 마음은 숨긴 채 동생을 안아주고, 달래줬죠.

'엄마가 보고 싶어요.'

도화지 한쪽에 적어 놓은 큰아이의 슬픔을 보는 순간 저는 또 무너져 버리고 말았습니다. 안쓰럽고 애틋한 큰아이들은 그렇게 커가고 있었습니다.

어느 날, 첫째와 둘째가 엄마랑 놀이터에 가고 싶다고 졸라대기 시작했습니다. 막내가 태어난 후로는 놀이터에서 단 한 번도 놀아 줄 여유가 없었으니, 엄마와 함께 놀고 있는 친구들이 부럽기도 했을 거예요. 저는 큰마음을 먹고 셋째를 아기 띠에 업고 놀이터로 향했습니다. 큰 선물을 받은 것 마냥 행복하게 웃고 뛰어노는 큰아이들을 보고 있으니 저 역시 행복했습니다.

"어머! 아이가 왜 이래요?"
"네? 아이가 조금 아파요."
옆에 있던 아기 엄마들이 화들짝 놀라며 이렇게 묻는 경우가 종종 있었고, 저는 그럴 때마다 들리지도 않을 목소리로 대답하고 도망가듯 그 자리를 빠져나가기 바빴죠. 내 아이가 큰 잘못을 한 것도 아닌데 세상 앞에 당당하지 못했던 저는 항상 그런 식으로 회피하곤 했습니다. 그때 셋째 아이는 눈도 제대로 뜨지 못하고, 코에는 항상 튜브가 꽂혀 있었으니 세상 사람들에게는 이상하게 비쳤을 거예요. 항상 이런 식이었죠. 외출을 할 때마다 사람들의 수군거림이 나의 뒤를 따라왔기 때문에 외출하는 것조차 저에게는 쉽지 않은 일이었습니다.

세상 속에 서 있는 것이 두려웠고, 사람들의 시선이 무서웠습니다. 내 앞에 놓인 현실을 피하기 바빴어요. 그 후로는 놀이터에도 나가지 않았죠. 힐끗힐끗 바라보는 눈빛들과 수군거림을 견

딜 수가 없었거든요. 저는 늘 혼자였어요. 강한 엄마가 아니었습니다. 부족하고 또 부족한, 약해빠진 엄마일 뿐이었죠.

작고 작은 몸속에서 도대체 무슨 일이 일어나고 있는 건지 알 수 없어 답답했습니다. 아프다고 펑펑 울고 있는 막둥이를 위해 아무것도 해줄 수 없었던 저는 매일이 고통이었고 슬픔이었어요. 수술실에 아이를 혼자 들여보내고 내 마음 하나 추스르지 못하는 바보 같은 엄마. 괜찮을 거라는 사람들의 말들과 위로도 듣기 싫었고, 너희들이 뭘 아냐며 따지고 소리치고 싶었습니다. 나에게 도움 되는 위로는 없었죠. 위로라고 해주는 말들이 오히려 세상에서 제일 듣기 싫은 말이 되어 버렸으니까요. 꼬일 대로 꼬여버리고 부정적인 생각으로 가득 찼던 그때, 저는 엄마라는 말이 어울리지 않는 부족한 사람이었습니다.

두 돌이 한참 지나도 걷지 못하는 아이를 아기 띠로 안고 여전히 병원으로 출근을 하던 날이었어요. 엘리베이터를 누르고 기다리는데 문에 비친 내 모습이 보였습니다. 그 순간 참지 못할 만큼 눈물이 흐르더군요. 셋째가 태어난 지 2년이 지난 지금까지 달라진 것이 없는 나와 아이의 삶이 너무 안쓰러웠기 때문입니다. 아이의 손을 잡고 걷고 싶다는 제 바람이 큰 욕심이었던 걸까요? 대부분의 사람들에게는 당연한 걸음마가 우리 아이에게는 당연한 것이 아니었습니다. 걷기만 한다면 소원이 없을 것 같았어요. 이 싸움에 끝이 있는 건지, 내가 이길 수는 있는 건지, 희망이라는 단어를 찾을 수 없었던 그때. '차라리 죽어버리자.' 못된 생각을 하는 저는 나쁜 엄마였습니다.

매일같이 늦은 저녁이 되어 집에 도착했습니다. 병원으로 출근을 해서 이런저런 치료를 받고 집으로 돌아왔고 집에 도착하면 저는 이미 녹초가 되어 있었죠. 큰아이들은 하루 종일 엄마만 기다리고 있다가 제가 집에 도착하면 온갖 이야기를 쏟아냈어요. 하지만, 쓰러질 만큼 힘든 하루를 보낸 저는 어린 딸들의 이야기를 들어 줄 여유가 없었습니다. 이야기를 들어주기는커녕 그만 얘기하라고 소리를 질러댔죠. 조금이라도 거슬리는 행동을 하면 불같이 화를 내기도 했어요. 어린 두 딸은 이런 엄마의 모습을 보고 무서움에 벌벌 떨며 울었고, 저는 저대로 자신에게 화를 내며 가슴을 치며 울었습니다.

이런 일이 반복되면서 이대로는 안 되겠다는 생각이 들었습니다. 스스로 병원에 찾아갔어요. 내가 아이들을 해칠 것 같다는 무서운 생각이 들었기 때문이죠. '심한 우울증'이라는 진단을 받았고, 감정 조절이 되지 않고, 스스로 감정을 통제하지 못하는 상황이라는 말도 들었습니다. 최악의 상황이었죠. 아직 어린 연년 생 딸과 아픈 아이. 그리고 정신 나간 엄마. 이보다 더 최악인 상황이 있을까요? 엄마로서의 모습으로도 최악이었고 나로서의 모습으로도 최악이었습니다. 상황을 탓하며 모든 것을 포기하고 동굴 속으로 들어가고 싶기도 했습니다. 왜 나에게만 이런 일들이 생기는 건지 부정적인 생각으로 가득 차기도 했어요.

하지만 세 아이들을 보며 정신을 차리려고 노력했습니다. 상황과 환경을 탓하는 것은 바보 같은 짓이라는 생각이 들었거든요. 그때부터 대학교 때 이후로 쓰지 않았던 일기를 다시 쓰기 시작했습니다. 마음을 가라앉히고 나의 하루를 되돌아보며 내 안에서 원인을 찾아보기로 한 거였죠. 내가 처해있는 상황과 환경을 탓하는 바보 같은 짓으로 시간 낭비를 하고 싶지 않았거든요. 부정적으로 생각하다 보면 끝이 없다는 것을 깨달았습니다.

열심히 약을 먹었고 예전의 나로 돌아가기 위해 노력했어요. 나는 세 아이의 어미이고 나의 꿈과 내 인생을 위해서라도 이런 최악의 상황에 절대 지지 않겠다 다짐했습니다.

"엄마는 내가 창피해?"

"엄마는 내가 부끄러워?"

"엄마는 평생 나를 숨기고 살 거야?"

"아니! 엄마는 단 한 번도 너를 부끄럽거나 창피하다고 생각한 적 없어!"

어느 순간 정신이 번뜩 들더군요. 세상 앞에 당당하게 나서지 못하는 못난 어미에게 막둥이가 소리치고 있는 것 같았거든요. 당당하게 세상에 나가보기로 마음먹었습니다. 아니, 다른 사람보다 더 당당하게 세상에 맞서기로 결심했어요. 저는 귀하고 귀한 세 아이의 엄마니까요. 그리고, 나의 꿈과 나의 인생을 포기하고 싶지 않았으니까요. 긍정적인 생각으로 나 자신을 단련시켰습니다. 상황을 탓하고 좌절하는 것이 아니라 이 상황을 극복해보기로 다짐했습니다.

'견디자, 강해지자. 더 이상 울지 말자. 힘을 내자. 나는 엄마니까.'

그렇게 누구보다도 강한 삼 남매의 엄마가 되기 시작했습니다.

기적을 만드는 것은 엄마의 노력과 성장이다

수많은 검사와 몇 년의 병원 생활을 한 후 알게 되었습니다. 막둥이의 병명은 유전자 돌연변이로 인한 희귀난치성 질환이라는 것을요. 그 말은 앞으로 넘어야 할 산이 수백, 수천 개라는 것을 뜻했죠. 아이 셋을 키운 후 나의 인생을 다시 시작하겠다 다짐했던 저에겐 더더욱 청천벽력 같은 소식이었습니다. 하지만 일단은 아이를 살려야 했어요. 가족들과 상의 후 저는 일을 그만두고 셋째 아이에게 집중하기로 했습니다. 그렇게 마음을 먹으니 오히려 속이 시원해지는 것 같았어요.

가끔은 아이들에게 나름 인기가 많았던 선생님 시절이 생각나 우울할 때도 있었지만 그렇다고 아이를 포기할 수는 없었죠.

아이의 병명도 알지 못해 이리저리 방황했던 때에 비하면 환한 세상 밖으로 나온 기분이었어요. 병명을 모르니 어떤 대책을 마련해야 하는지도 몰랐고, 그저 새로운 증상들이 나올 때마다 응급처치를 하는 것이 전부였으니까요. 이제 병명을 알게 되었으니 구체적인 계획을 세우고 아이를 키울 수 있을 거라는 생각을 했습니다.

희귀난치성 질환이기에 완치는 바랄 수 없었습니다. 여전히 최악의 상황이라고 생각할 수도 있지만, 저는 더 이상 울지 않았어요. 엄마가 강해져야 한다는 것을 알고 있었고, 눈물을 흘리는 시간조차 나에게는 사치라는 것을 알고 있었기 때문이죠. 그때부터 앞으로 일어날지 모르는 증상들에 대한 대비를 시작했습니다. 의학 서적을 찾아보고 생소한 단어들을 검색하며 공부도 열심히 했어요. 살면서 그렇게 열심히 공부를 했던 적은 처음이었을 거예요. 처음 보는 의학용어를 만날 때마다 속이 울렁거렸지만 아이를 위해서라면 못할 게 없었죠. 미리 공부를 해놓는다면 새로운 증상이 나타났을 때 당황하지 않을 것이라는 마음에 공부를 소홀히 할 수는 없었습니다.

구급차를 타고 응급실에 가기를 수십 번. 그 길로 입원을 하고 길고 긴 병원생활을 시작한 것도 여러 번이었습니다. 큰아이들은 할머니 댁에서 유치원을 다니게 되었고, 저는 병원에서 막둥이를 돌봐야 했었습니다. 신랑은 병원비를 만들기 위해 밤낮으로 바쁘게 일을 했죠. 그렇게 우리 가족은 뿔뿔이 흩어졌습니다.

병원생활은 쉽지 않았어요. 2박 3일, 3박 4일, 짧게 입원해도 힘든 게 병원 생활인데 언제 퇴원하게 될지 모르는 상황은 더더욱 저를 힘들게 했죠. 잠을 제대로 잘 수도 없었어요. 24시간 아이의 상황을 지켜봐야 했거든요. 고통에 힘들어하며 울음을 터뜨리는 아이를 지켜본다는 것은 너무나 힘든 일이었습니다. 가족에게 위로받을 수도 없는 상황이었고, 신랑이 제 곁에서 힘이 되어줄 수 있는 상황도 되지 않았어요.

병원에서 의지할 사람이라고는 오직 나와 같은 마음을 가지고 있는 보호자들뿐이었습니다. 보통의 세상 사람들과는 다른 아이들을 키운다는 공통점이 우리를 끈끈하게 만들어 주었습니다. 함께 밥을 먹고, 같은 병실에서 잠을 자고, 하루 종일 붙어 있으니 우리는 서로에 대해 모르는 것이 없을 정도였죠.

아이의 상태가 곧 우리의 기분이 되었어요. 아이의 컨디션이 좋으면 보호자들은 신이 났고, 아이의 컨디션이 좋지 않으면 초상집 분위기가 되기도 했습니다. 가끔 하늘의 별이 되는 아이가 있을 때면 우리는 같은 마음으로 숨죽여 눈물을 토해냈죠.

저에게 병원 생활은 선택의 연속이었어요.

"오늘은 ○○검사를 해봐야 할 것 같습니다. 이 검사의 부작용은…."

"검사를 한다고 해서 다 알 수 있는 것은 아닙니다."

"수술을 해야 할 것 같습니다."

"아이가 잘 버텨줄지는 장담할 수 없습니다."

"어머님께서 결정하셔야 합니다."

"제발 살려만 주세요. 평생 걷지 못하고 누워만 있어도 괜찮아요. 제 옆에 있게만 해주세요."

병원 생활을 하는 동안, 아무것도 모르는 내가 선택하고 결정해야 하는 순간이 여러 번 찾아왔습니다. 내가 우리 아이의 목숨줄을 쥐고 있는 것만 같아 두려웠습니다. 빌고 또 빌었습니다. 의사 선생님께 빌고 이 세상의 모든 신에게 빌었습니다.

수술 대기실에 막둥이를 안고 함께 들어갔습니다. 그 순간 차디찬 수술실의 분위기가 느껴졌어요. 아이를 선생님께 안겨주고 마취제가 들어가는 모습을 확인한 후 밖으로 나와 가슴을 치며 눈물을 쏟아냈습니다. 절대 울지 않으리라 다짐했는데 제 다짐이 무너져버린 순간이었죠. 할 수만 있다면 내 심장을 떼어서라도 낫게 해주고 싶었습니다. 차가운 수술대 위에 혼자 누워있을 아이를 생각하니 가슴이 찢어지는 것만 같았고, 눈에서는 피눈물이 흘렀습니다. 아무리 마음을 다잡아봐도 심장에 굳은살은 쉽게 생기지 않더군요.

수술을 잘 이겨내고 나의 품에 안긴 아이를 보니 또다시 눈물이 흘렀습니다. 아마도 감사함과 미안함의 눈물이었을 거예요.

'엄마가 미안해.'

그 당시, 제가 할 수 있는 일은 마음으로 아이에게 미안함을 전하는 일 밖에 없었죠.

수술 후 집중 치료를 위해 입원을 했습니다. 큰아이들과 또 떨어져 있어야 한다는 사실이 미안했지만 내가 할 수 있는 것은 모두 해주고 싶었어요. 아직 걷지 못하는 아이를 위해 물리치료를 받았고, 소근육의 움직임을 도와주기 위해 작업치료를 받았죠. 언어 장애가 올 수 있는 병이기에 언어치료도 일찍 시작했습니다. 오랜 시간 동안 코에 끼워놓은 튜브로 액체 형태만 먹었던 아이라 입으로 먹는 연습도 꾸준히 진행했습니다. 입원 기간 동안 많은 치료를 받으며 오로지 셋째에게 집중했어요. 엄마를 막둥이에게 양보한 큰아이들 덕에 어려운 수술과 치료를 끝까지 잘 따라와 준 막둥이는 느리지만 꾸준히 발전하고 있었답니다.

어느 순간 붙잡고 서고, 보조기를 차고 더듬더듬 걷기 시작했어요. 내 눈에 희망이라는 단어가 보이는 순간이었죠. 기적이었습니다. 걷지 못할 수도 있다는 의사 선생님의 말이 틀렸음을 확인하는 순간이 드디어 온 것이죠. 우리 셋째는 기적을 만들어 낸 것입니다. 손을 잡고 나란히 걷고 싶었던 나의 소박한 꿈이 이루어지는 순간, 이 세상에 내가 못할 것은 없다는 자신감이 생기는 순간이었습니다.

저는 같은 병을 가지고 있는 부모들과 소통하며 정보도 나누었어요. 같은 병명을 가지고 있더라도 증상이 제각각인 병이기 때문에 소통은 무척 중요했죠. 나보다 먼저 이 길을 걷고 경험한 선배 엄마들의 말을 들으며 저는 더 강해질 수 있었어요. 내가 할 수 있는 것은 무엇이든 다 했습니다. 무조건 셋째 아이를 지켜야만 했으니까요.

지금 셋째 아이는 부정적인 말들을 쏟아냈던 의사 선생님들을 비웃기라도 하듯 잘 자라주고 있답니다. 걷지 못할 거라 했지만 뛸 수 있고, 말도 잘 못할 거라 했지만 말싸움에서 지지 않을 만큼 말도 잘하죠. 또래보다 작은 덩치 탓에 친구들은 귀엽다고 해주고 서로 챙겨주려고도 해요. 시력에 문제가 있어 도움이 필요하지만 스스로 하려고 많이 노력하는 대견한 아이로 성장 중이랍니다.

또래보다 많이 작고 느리지만 꾸준히 성장하고 있는 셋째 아이가 저에게 많은 깨달음을 주었습니다. 셋째는 우리 가족에게 기적이라는 것이 멀리 있지 않다는 것을 보여 주었어요. '지금 바로 이 순간이 기적이다'라는 말을 실감하게 되었습니다. 사랑하는 가족들과 맛있는 음식을 함께 나눌 수 있는 지금 이 순간이 기적인 것이죠. 오랜 병원 생활로 가족이 뿔뿔이 흩어져 있었던 우리 식구에게는 매일 기적이 일어납니다. 저는 더 강한 엄마로 성장했고, 우리 가족은 작은 일상에도 감사할 줄 아는 사람들이 되었습니다. '그럼에도 불구하고' 감사하는 마음으로 살아 보겠다 결심했습니다. 쉽지 않았던 병원 생활과 막둥이를 키워내는 과정에서 저는 강한 마음을 얻게 된 것 같아요.

아이는 태어나서 발달과정에 맞게 성장합니다. 우리는 그것을 당연한 일이라고 생각하죠. 하지만 그것은 당연한 것이 아니랍니다. 건강하게 잘 자라준다는 것, 발달과정에 맞게 잘 커가고 있다는 것만으로도 감사한 일이라는 것을 기억하세요. 호기심 가득한 눈으로 세상을 바라보며 온갖 질문을 쏟아내는 아이의 앙증맞은 입을 볼 때. 그 순간이 기적입니다. '건강이 최고야!'라고 말씀하셨던 어른들의 이야기가 정답인 것입니다.

셋째를 키우면서 포기하고 싶은 순간이 한두 번이 아니었어요. 너무 힘들어서 그만두고 싶다는 나약한 마음이 든 것도 사실이죠. 그렇지만 절대 포기하지 않았습니다. 불평, 불만을 쏟아낼 시간에 감사할 거리를 찾아보기로 마음을 바꾸고 난 후부터 저는 더 큰 힘을 낼 수 있었습니다.

'그럼에도 불구하고… 감사합니다.'

제가 힘들 때마다 떠올리는 문장입니다. 힘든 상황에도 분명 감사함을 찾을 수 있다는 것을 명심하세요.

저는 앞으로도 최선을 다해 싸울 것입니다. 위기의 순간이 오고, 넘기 힘든 커다란 산이 또 내 앞을 가로막는다 해도 감사한 것들을 찾으며 포기하지 않을 것입니다. 부족하고 부족했던 저를 진짜 엄마, 강한 엄마로 만들어 준, 내 삶의 축복과도 같은 삼 남매를 위해, 엄마라는 이름이 부끄럽지 않도록 힘을 낼 겁니다.

아이가 태어나면 당연하게 되는 것이 '엄마'이지만, 성숙한 엄마는 당연하게 되는 것은 아닙니다. 아이와 함께 엄마도 공부하고 성장해야 합니다. 많이 부족하고 약해빠졌던 '내'가 스스로 자부하는 '강한 엄마, 300점 엄마'가 될 수 있었던 것은 나의 삼남매가 있었기 때문입니다.

지금 당신 곁에 있는 아이들이 보이시나요? 내가 엄마라는 사실 하나만으로 나를 무조건적으로 사랑해 주는 귀한 존재들입니다. 아이에게 어떤 모습을 보여주고 싶으신가요? 행복한 엄마의 모습을 보여주세요. 엄마가 행복하면 아이도 행복합니다. 그리고 최악이라 생각되는 상황에서 백기를 흔들지 마세요. 포기하는 모습이 아닌 극복하는 모습을 보여주세요. 항상 긍정적으로 생각하세요. 긍정의 파워가 나와 아이를 멋지게 성장시킬 겁니다. 그래야 다시 시작될 내 인생을 찬란하게 맞이할 수 있으니까요.

흔들리지 않는 신념이 동반 성장의 밑거름

저와 신랑은 시골에서 자란 촌년, 촌놈입니다. 계절의 변화를 자연을 보며 느꼈고, 해가 질 때까지 밖에서 뛰어노는 것이 우리의 일상이었어요. 봄이면 선생님 손을 잡고 냉이를 캐러 다니고 겨울이면 운동장에서 친구들과 눈싸움을 했죠. 어린 시절의 저는 행복했습니다.

시간이 흘러 고등학생이 되니, 그곳이 싫어지더군요. 옆집에 숟가락, 젓가락이 몇 개인지 다 아는 조그마한 그 사회가 너무 싫었어요. 높은 건물은 당연히 없었고 논과 밭이 전부인 그곳이 답답하게만 느껴졌죠. 제대로 된 편의시설 하나 없는 그곳이 나에게는 그저 벗어나고 싶은 공간일 뿐이었습니다. 빨리 큰 세상 밖으로 나가고 싶었어요. 더 큰 세상으로 나가면 날개를 펴고 훨훨 날아다닐 수 있을 것 만 같았거든요. 대학교를 가야겠다고 결심한 이유 중의 하나도 하루빨리 그곳을 벗어나기 위해서였어요. 대도시는 아니었지만 내가 살고 있던 그곳보다는 큰 도시에 있는 대학에 합격하여 저는 지겨웠던 시골을 떠나게 되었습니다.

도시에는 제가 경험하지 못한 것들이 많았어요. 친구들은 대부분 도시에서 살아온 아이들이라 도시 생활이 익숙해 보였습니다. 그래서 친구들과 비교되는 내 모습이 초라해 보이기도 했죠. 친구들과 비교될 때마다 시골은 더더욱 싫어졌습니다. 햄버거 가게, 아이스크림 가게, 백화점…. 나에게 그곳은 신세계였어요. 해방감도 느껴졌죠. 저는 더 이상 촌년이 아니었습니다. 그렇게 대학에 들어갈 무렵부터 도시 생활은 계속되었어요. 대학을 졸업한 후에도 엄마, 아빠가 계신 시골로 돌아가고 싶지 않았기에 도시에서 직장을 구했죠. 가끔 집에 내려가면 그 잠깐의 시간도 답답하기만 했어요. 저는 그렇게 시골과는 영영 안녕을 하리라 마음을 먹었습니다.

삼 남매가 태어났을 때도 우리는 신도시에 살고 있었습니다. 아이들에게 더 많은 교육적 혜택과 다양한 여가시간을 주고 싶었기에 도시를 떠날 생각은 조금도 없었어요. 복잡하고 시끄러운 도시가 좋았으니까요. 하지만 이러한 저의 결심은 오래가지 못했습니다.

막내가 태어나면서 많은 것이 바뀌었습니다. 수많은 아픔을 견뎌내며, 내가 살아온 지금까지의 모든 것들이 바뀌었기 때문이죠. 나의 교육관이 바뀌었고, 인생관도 바뀌었습니다. 삶을 대하는 태도 자체가 달라진 것입니다. 아이들은 도시에 있는 크고 작은 학원들을 다녀야 뒤떨어지지 않는다고 생각했어요. 또한 답답한 시골에서 자라는 것보다 넓고 복잡한 도시에서 자라는 것이 아이들의 인생에 도움이 된다고 생각했죠. 그렇지만 아니었습니다. 저의 생각은 틀렸던 것이에요.

막내가 태어난 후, 저의 교육관이 바뀌었습니다. 복잡한 도시에서 학원을 다니는 것이 최고의 교육이라 생각했던 저인데 더 이상 그런 생각은 하지 않게 되었습니다. 오히려 나와 신랑이 그러했듯 아이들은 시골에서 자라야 한다는 생각으로 바뀌었습니다. 내가 그토록 싫어했던 시골에서의 어린 시절을 생각해 보았어요. 그곳이 답답하다고만 생각했었는데 아니었습니다. 그곳에서의 어린 시절은 행복 그 자체였던 거죠. 제대로 된 놀이터가 없어도 어린 시절의 우리는 항상 즐거웠습니다. 나무와 풀이 우리의 장난감이 되었고 내 주위의 모든 것은 그 어떤 자연관찰 책보다도 훌륭했으니까요.

"그래. 바로 이거다."

아이들은 이런 어린 시절을 보내야 한다는 결론을 내렸습니다. 학원에서 배우는 것보다 자연에서 배우는 것이 더 많을 것이라는 확신이 생겼거든요. 아이들은 직접 보고, 만지고, 느끼면서 자라야 하는 거였죠. 이렇게 저의 교육관은 달라지게 되었습니다.

'최고의 교육은 경험'

지금까지도 변함없는 강한 신념이 만들어진 것입니다.

결심이 선 후 우리 가족은 제주도 한 달 살기를 떠났습니다. 우리나라에서 가장 아름다운 곳, 제주. 꼬물꼬물 삼 남매를 데리고 제주로 떠났어요. 한 달 살기를 하는 동안 우리는 매일 행복했습니다. 거창한 계획 따위는 없었어요. 그냥 몸이 움직이는 대로 제주를 느꼈을 뿐이죠. 제주의 겨울은 바람이 불지 않으면 따뜻했습니다. 날이 좋은 어느 날, 5일장에 들러 제일 저렴한 낚싯대를 사서 숙소 앞 바다로 낚시를 하러 갔습니다. 아빠는 미끼를 끼워주고 저와 삼 남매는 강태공이 되어 생애 첫 낚시를 즐겼죠.

"아빠! 물고기가 있는 것 같아!"

"아빠! 물고기가 미끼를 물었어."

아이들의 입에서 환호성이 터져 나오기 시작했어요. 눈먼 물고기가 많았던 걸까요? 아니면 삼 남매의 낚시 실력이 좋았던 걸까요? 이유야 어찌 됐든 그날 우리의 낚시는 성공적이었습니다. 숙소로 돌아와 아이들이 잡은 물고기로 요리를 했습니다. 신랑을 위한 매운탕과 아이들을 위한 생선구이. 우리의 저녁 식탁은 풍성했죠. 무용담과 웃음으로 시끌시끌하고 따뜻했던 저녁이었습니다.

우리는 한 달 살기를 하는 동안 매일 가족 일기를 썼습니다. 아이들에게 잊지 못할 추억을 선물해 주고 싶었기 때문이죠. 첫째와 둘째는 제주에서의 생활을 글로 적었고, 글을 쓰지 못하는 어린 셋째는 저와 함께 이야기를 나누고 그림을 그렸어요. 저와 신랑도 열심히 가족 일기를 썼습니다. 매일 가족 일기를 적으며 우리 다섯 식구의 마음은 같았을 거예요. 가족들이 써놓은 일기를 읽어보며, 그 마음에 공감하고 이해하는 마음을 갖게 된 거죠.

요즘은 모두가 바쁜 세상입니다. 바쁘게 살고 있는 요즘 가족들은 함께 모여 밥 한 끼 나눌 시간도 없습니다. 서로의 눈을 바라보며 아이들과 이야기 나눌 시간도 없을 거예요. 함께할 수 있는 시간이 주어진다 해도 각자의 스마트폰에 시선이 멈춰있을 겁니다. 대화는 자연스럽게 사라졌습니다. 참 씁쓸한 사실입니다. 제주도 한 달 살기를 가기 전에는 우리 집도 비슷한 풍경이었습니다. 다섯 식구가 함께 밥을 먹는 일은 거의 없었죠. 일이 많다는 이유로 신랑은 매일 늦었고 여행도 없었고 휴가도 없었어요. 그런데 제주에서 가족 일기를 쓰며 우리는 많이 변했습니다. 아이들의 마음을 더 깊이 들여다볼 수 있었던 귀한 시간이었죠. 대화와 웃음이 넘쳐나는 아름다운 순간이 이어졌습니다.

한 달 살기가 끝날 때 즈음 저는 또 한 번 결심을 하게 됩니다. 한 달이라는 시간 동안 제주도가 우리에게 준 것이 많았기 때문이었을 거예요. 겨울이면 항상 병원에서 살아야 했던 셋째가 제주도에서는 감기 한번 걸리지 않았고, 첫째와 둘째는 웃음을 달고 살았습니다. 말이 없던 첫째가 매일 행복한 웃음을 지으며 신이 나서 이야기를 했어요. 우리는 이런 삶이 계속되길 원했습니다. 삼 남매의 어린 시절을 자연속에서 보내게 하고 싶었던 거죠.

"그래. 제주도로 이사하자."

저는 결심이 선 순간 바로 행동에 옮겼습니다. 그리고 그렇게 우리는 제주도민이 되었죠.

지어진 지 84년 되었다는 시골집에서 우리의 제주 삶이 시작되었습니다. 내 생각대로 아이들은 행복해했어요. 시골에서 자란 나의 어릴 때 모습처럼 삼 남매가 많이 웃었습니다. 아파트에 살 때보다는 해야 할 일도 많고 조금 불편했지만 아이들을 위해서라면 문제가 되지 않았어요. 우리는 텃밭에 온갖 식물을 키우며 자연이 주는 선물을 고맙게 받았습니다. 아침에 눈을 뜨면 텃밭으로 달려가는 것이 삼 남매의 일상이었어요.

"엄마! 오이가 내 팔보다 커졌어!"
"엄마! 수박이 탁구공만 해졌어!"

맞아요. 아이들은 이렇게 자라야 하는 겁니다.
'그래. 제주로 오길 잘했어!'

삼 남매는 학원을 다니지 않았기 때문에 육지에서보다 시간이 많아졌습니다. 학원에서 배우는 것보다 더 많은 것을 배울 수 있도록 저도 공부를 시작했죠. 아이들에게 많은 것을 경험시켜

STORY 2.육아로 성장하는 엄마[조동임]

주기 위해 노력했습니다. 저는 삼 남매와 함께 성장하는 엄마가 되고 싶었습니다. 통합 독서 지도사 자격증과 하브루타 지도사 자격증을 취득했고 아이들에게 적용시켰어요. 제주에 관한 책을 읽고 서로 생각을 들어보며 이야기를 나누었죠.

"엄마. 제주는 정말 설문대 할망이 만든 거야?"

"그랬을까? 우리 율이 생각은 어때?"

"진짜로 설문대 할망이 만든 것 같아. 정말 한라산이 움푹 파여 있잖아."

"그럼 우리 한라산에 가볼까?"

우리는 제주에 살고 있었기에 책으로 먼저 간접 경험을 하고 직접 경험도 쉽게 할 수 있었습니다. 모든 경험(간접경험, 직접경험)은 아이들을 성장하게 만들죠. 저는 아이들이 궁금해하는 모든 것을 함께 찾아보았어요. 도서관에서 책을 빌려 읽기도 하고 박물관에 가서 설명을 들으며 함께 고개를 끄덕이기도 했죠. 우리는 제주도에서 진행되는 많은 행사에 함께 참여하며 꾸준히 경험을 쌓았습니다. 삼 남매 덕분에 엄마인 저도 성장할 수 있었던 계기가 된 것입니다.

간식을 준비해서 하교하는 아이들을 데리러 갔습니다. 그리고 집 앞 바다로 출동! 벤치에 앉아 바다를 보며 간식을 먹고 동시를 지어보기로 했어요. 눈앞에 보이는 모든 것들을 소재 삼아 즉흥 동시 짓기. 바다, 구름, 하늘, 해녀 등 다양한 소재를 가지고 동시를 지어보았습니다. 아름다운 동시가 탄생하는 순간이었죠. 그 후로 둘째 녀석은 매일같이 동시를 지어 보여 주었어요. 우리 집 앞에 살고 계셨던 시인 선생님을 찾아가 몇 시간씩 이야기를 나누고 오기도 했답니다. 둘째 아이의 동시 사랑이 시작된 거죠.

어느 날, 퇴근하고 온 신랑이 반딧불이를 보여줬어요. 집 앞밭에 있던 반딧불이가 집으로 들어온 것이었죠. 반딧불이를 처음 본 삼 남매의 눈이 반짝였습니다. 반딧불이를 어두운 방에 풀어두고 관찰하면서, 환경오염에 대한 걱정도 나누고 반딧불이에 관한 사자성어도 이야기해 주었습니다. 삼 남매의 눈이 반짝이던 그때를 잊을 수가 없네요. 온 가족이 마당에 누워 별자리도 관찰했어요. 책에서 읽었던 별자리 이야기도 나누고, 아빠가 들려주는 옛날이야기를 들으며 삼 남매는 행복했을 거예요. 시골에서의 우리 삶은 아주 풍성했습니다. 우리는 잊지 못할 많은 선물을 받은 거죠.

예전의 나는 아이들이 학원을 꼭 다녀야만 한다고 생각했어요. 열심히 죽어라 공부를 해야만 성공할 수 있을 것이라고 생각했던 것입니다. 그런 이유로 도시를 고집했습니다. 시골에서의 삶은 얻는 것이 없을 거라고 확신했었죠. 좁디좁은 시골에서 배울 것은 없을 거라고 생각했습니다. 하지만 그때의 내 생각은 정확히 틀렸습니다. 어린 시절의 내가 자연 속에서 마음껏 뛰놀며 행복하게 성장했다는 사실을 잊고 있었던 거죠. 저는 삼 남매가 자연의 위대함을 아는 사람으로 자라길 바랍니다. 그리고 삼 남매가 자연이 주는 선물을 마음으로 느낄 수 있기를 바란답니다. 이런 저의 신념은 바뀌지 않을 거예요.

옆집 엄마의 '카더라 통신'을 믿는 엄마들이 많습니다. 각각의 아이는 서로 다르다는 것을 잊은 채 옆집 아이와 우리 아이를 동일 인물로 착각하죠. 옆집 아이와 우리 아이는 생김새, 성향, 좋아하는 것, 모든 것이 다른데 말이에요. 이렇게 다르다는 것을 잊은 채 옆집 아줌마의 말에 열광합니다. 내 아이를 가장 잘 아는 사람은 엄마라는 사실을 잊지 마세요. 그렇기 때문에 내 아이를 위한 교육관을 확실히 정해야 합니다. 아이의 성장과 함께 엄마도 끊임없이 공부해야 하는 거죠. 아이들이 잘 자라주기를 바란다면 엄마 역시 잘 성장해야 하는 겁니다. 엄마는 그냥 되는 것이 아니에요. 엄마의 노력과 정성이 우리 아이를 키우는 것이죠. 그러한 신념은 흔들리면 안 됩니다. 엄마가 우왕좌왕하는 동안 우리 아이는 더 큰 혼란을 경험하게 되거든요. 옆집 아줌마들의 말에 솔깃해서 변덕을 부리면 안 된다는 얘기죠. 절대로 흔들리지 않는 나의 신념, 나의 교육관. 엄마가 가지고 있어야 할 중요한 덕목 중에 하나라고 생각합니다.

저는 많은 엄마들에게 단순히 공부 잘하는 아이로 키우기보다는 생각의 크기가 넓은 아이로 키우라고 말하고 싶습니다. 저의 교육관은 지금도 변함없습니다. 그 덕분에 지금까지 삼 남매와 함께 꾸준히 성장하고 있는 엄마가 될 수 있었던 것 같아요. 저는 앞으로도 삼 남매와 함께 배우고 성장할 것입니다. 절대 흔들리지 않는 나의 신념이 있기 때문이죠. 나와 이 세상의 모든 엄마들이 변하지 않는 신념으로 아이들과 함께 성장하길 응원합니다.

아이를 위한 교육이 엄마를 키운다

우리 가족의 첫 해외여행지는 필리핀이었습니다. 처음이라는 단어가 주는 설렘 때문이었을까요? 우리 가족은 첫 필리핀 여행 후 제2의 고향으로 느낄 만큼 필리핀이라는 나라를 사랑하게 되었죠. 첫 여행의 느낌이 좋아 저는 삼 남매를 데리고 필리핀 세부에서 한 달 살기도 했었습니다. 다른 나라의 문화를 직접 보고 경험할 수 있었던 귀한 시간이었죠. 삼 남매가 치열하고, 경쟁으로 가득 차 있는 한국을 떠나 필리핀에 있는 학교에 다닐 수 있으면 좋겠다는 생각이 들었어요. 조금 더 넓은 세상을 삼 남매에게 보여주고 싶었거든요. 우리가 살고 있는 이 사회가 전부가 아니란 것을 알게 해주고 싶었습니다. 무엇이든 경험하며 그 안에서 많은 것을 배우길 바랐습니다.

그러던 어느 날, 필리핀에 있는 어학원에서 일할 수 있는 기회가 생겼어요. 저는 제안을 받고 1초의 망설임도 없이 필리핀으로 갈 준비를 시작했습니다. 삼 남매에게 더할 나위 없이 좋은 기회라고 생각했어요. 표면적으로는 삼 남매를 위한 결정이었지만 저를 위해서도 나쁠 것은 없다는 생각이 들었습니다. 제가 했던 일과는 다른 분야의 일에 도전해 보고 싶었고, 아이들을 키우면서 내 일과 내 인생을 살수 있는 좋은 기회라는 생각이 들었거든요. 일을 하면서 아는 사람 하나 없는 그곳에서 지낸다는 것이 쉬운 일은 아니겠지만, 저는 삼 남매의 경험과 교육, 그리고 저 자신을 위해 떠나기로 마음먹었습니다.

한편으로는 신랑 없이 삼 남매를 책임져야 한다는 부담감도 있었습니다. 잘 할 수 있을지 걱정도 되었고요. 하지만 저를 믿어보기로 하고 실행에 옮겼습니다. 경험이 최고의 교육이라 생각하는 나이기에 이런 경험 역시 포기할 수 없었거든요. 그리고 저 역시도 이번 경험을 통해 더 성장할 수 있을 거라고 생각했기에 좋은 제안을 거절할 이유는 없었어요. 결론을 내린 후 학교에 유예 신청서를 내고 많은 서류를 준비해서 삼 남매와 함께 필리핀으로 떠났습니다.

필리핀에 도착해서 우리는 어학원에 있는 기숙사에서 지냈습니다. 삼 남매는 어학원에서 공부를 했고 저는 열심히 일을 했죠. 즐거웠고 매일이 설레었습니다. 단 한 번도 경험해 보지 못했던 일이 저를 힘이 나게 했다고 할까요? 애 셋 딸린 어미지만 제가 할 수 있는 일이 있다는 것에 행복했습니다. 새로운 일에 도전하는 것이 두렵지 않았고 호기심과 흥미로 다가왔어요.

그곳의 삶에 적응될 즈음 한국에서 친정 아빠가 갑자기 병원에 가셨다는 연락을 받았습니다. 상황이 좋지 않다고 하더군요. 저는 곧바로 한국행 비행기에 몸을 실었습니다. 병원에 도착해 보니 아빠는 예전의 모습이 아니었어요. 이 세상 누구보다도 강한 아빠였는데 제 눈앞의 아빠는 병이 깊어가는 환자의 모습일 뿐이었습니다. 상태가 조금 호전되는 것을 보고 저와 삼 남매는 다시 필리핀으로 돌아갔습니다. 계속 일을 쉴 수는 없었으니까요. 하지만 아빠 걱정으로 일이 손에 잡히지 않았어요. 당장이라도 무슨 일이 일어날까 초초함으로 하루하루 보냈습니다. 삼 남매가 잠이 든 새벽에는 화장실에서 입을 틀어막고 울었던 적도 많았죠. 가슴이 아팠습니다. 아빠 곁에 있어 줄 수 없는 이 상황이 마음 아팠고 필리핀으로 오겠다고 결정했던 제 자신이 원망스러웠습니다. 아빠는 큰 딸을 필리핀에 보내면서 많이 서운해하셨어요. 그렇지만 손주들과 딸을 위해 힘껏 응원해 주신 분이었죠.

얼마나 시간이 흘렀을까요. 아빠가 위독하시다는 연락을 받았습니다. 심장이 내 몸 밖으로 나와 바닥으로 떨어지는 것만 같았습니다. 급하게 티켓을 구해 다시 한국으로 들어갔어요. 한국에서 맞닥뜨린 상황은 좋지 않았습니다. 침대에서 일어나지도 못하시고 밥 한술 뜨는 것도 힘들어하실 만큼 아빠의 상태가 좋지 않으셨어요. 저에게는 이 세상 가장 큰 나무였던 아빠가 아기가 되어 버린 것 같았습니다. 아빠의 손톱, 발톱을 처음으로 다듬어 드렸습니다. 제가 다듬어 드린 손톱과 발톱은 삐뚤빼뚤이었지만 아빠는 괜찮다며 기뻐하셨어요. 그것이 아빠의 마지막 모습이 되어버렸습니다.

아빠의 죽음은 어떤 말로도 형언할 수 없는 깊은 아픔이었습니다. 평생 자식밖에 모르던 우리 아빠. 엄마가 된 저였지만 아빠가 나에게 주신 사랑은 따라갈 수 없을 것입니다. 아빠가 운전하는 오토바이 뒤에 매달려서 아빠와 함께 봤던 하늘과 나무가 아직도 생생하게 기억납니다.

내 볼을 간지럽히던 바람의 느낌도 기억 속에 뚜렷하게 남아있죠. 저는 아빠에게 세상의 전부였고 인생이었어요. 혼자 남아 있을 엄마 때문에 필리핀의 생활을 포기할까도 생각했습니다.

하지만 저와 아이들의 성장을 위해 선택했기에 쉽게 포기할 수는 없었습니다. 아빠를 잃었다는 아픔과 슬픔을 통해 저는 더 단단해질 수 있었어요. 장례를 치르고 서둘러 필리핀으로 돌아갔지만 상황이 많이 변해 있더군요. 저는 더 이상 어학원에서 일을 할 수 없게 되었고 그곳을 나가야만 했습니다. 한국으로 돌아가도 상관없었지만 그대로 포기하는 실패한 엄마의 모습을 삼 남매에게 보여주고 싶지 않았기에 필리핀에 남기로 결심했습니다.

필리핀에 왜 왔는지를 다시 한번 생각해 봤어요. 삼 남매의 경험과 교육. 그리고 저의 성장을 위해 왔다는 사실을 다시 한번 되새기며 마음을 다잡았습니다.

힘이 들고 내 뜻대로 일이 진행되지 않을 때 우리는 포기라는 단어를 생각하게 됩니다. 저 역시 포기라는 단어를 수백 번 생각했어요. 포기하면 모든 것이 편해질 거라 생각했죠. 하지만 우리는 엄마잖아요. 그렇기 때문에 아이들에게 끝까지 노력하는 어미의 모습을 보여주어야 한다고 결론을 내렸죠. 입으로 얘기하는 교육보다 행동으로 직접 보여주는 교육이 더 효과적인 법이니까요.

더 이상 어학원에서 지낼 수 없게 되어 급하게 집을 알아봐야 했습니다. 아는 사람도 없고 말도 잘 통하지 않는 그곳에서 집을 알아보는 것은 쉬운 일은 아니었죠.

푹푹 찌는 날씨에 갑자기 비까지 내렸습니다. 약속 시간이 한참 지났는데도 집주인은 나타나지 않더군요. 몇 번의 연락 끝에 돌아온 대답.

"급한 일이 생겨서 갈 수가 없어."

필리핀에서는 이런 황당한 일이 흔하게 일어나는 편이지만 그 순간에는 너무도 화가 났습니다. 우리는 약속을 지키지 않았던 집주인 덕분에 이미 비에 젖은 생쥐 꼴이었어요. 택시는 잡히지 않고 삼 남매는 힘들다고 짜증을 내기 시작했습니다. 몇 십분 동안 택시를 잡아봤지만 잡히지 않더군요. 서글펐습니다. 더 이상은 기다릴 수 없다고 생각하고 지나가던 트라이시클(Tricycle)을 불렀어요. 트라이시클은 필리핀의 대중교통 중의 하나이며, 오토바이 옆에 작은 마차가 달려 있는 모습입니다. 옆에 달려 있는 작은 마차와 같이 생긴 곳에 사람들이 타고 오토바이를 운전하는 드라이버 뒤에 사람이 타기도 하는 필리핀의 대중교통수단으로 현지에서는 트라이라고 얘기한답니다.

"트라이~! 트라이~!"

저의 간절한 부름에 트라이시클 드라이버가 우리 쪽으로 다가왔습니다. 그 사람 눈에는 우리가 신기했을 거예요. 비를 맞고

덜덜 떨고 있는 한국에서 온 아이 셋과 아줌마가 본인을 부르니 얼마나 신기했을까요? 삼 남매는 트라이시클 옆에 달려있는 지붕이 있어 나름의 아늑한 공간에 태우고, 저는 운전사 뒤에 매달렸습니다. 낯선 곳에서 필리피노의 허리를 붙잡고, 내리는 비를 맞으며 위태롭게 매달려 갔죠. 빗물인지 눈물인지 모를 무언가가 얼굴에 흘러내리더군요. 그 순간 비참함을 느꼈습니다. 내가 왜 이곳에 와서 겪지 않아도 되는 비참함을 느끼고 있는 건지…. 시간을 되돌리고 싶다는 생각도 들었죠. 막막했습니다.

빨리 집을 구하고 삼 남매를 학교에 보내야만 했어요. 제 마음은 이렇게 급한데 번번이 약속이 틀어지니 미치고 팔짝 뛸 지경이었죠. 외로웠고 서러웠습니다. 그리고 너무너무 힘들었습니다. 나만 바라보고 있는 삼 남매에게 무엇을 어떻게 해줘야 하는 건지 당시의 저는 알 수가 없었습니다. 한국에 있는 가족들이 사무치게 그립더군요.

그냥 모든 것을 포기하고 한국으로 다시 돌아갈까 하는 생각도 여러 번 했어요. 하지만 그럴 수는 없었습니다. 삼 남매를 위해 큰소리치며 호기롭게 왔는데 아무것도 얻지 못하고 돌아갈 수는 없었거든요. 저는 제 생각이 맞았다는 것을 꼭 증명해 보이고 싶었습니다. 삼 남매를 위해 그리고 앞으로 찬란하게 빛날 내 인생을 위해 입술을 깨물며 다시 한번 힘을 내기로 했습니다.

우여곡절 끝에 집을 구한 뒤 이사를 하고 우리만의 생활이 시작되었습니다. 이제 모든 것이 제자리를 찾은 느낌이었어요. 삼 남매는 다시 웃기 시작했고 학교생활이 즐겁다고 이야기했습니다. 처음에는 모든 것이 낯설고 힘들었지만 그 안에서 경험하는 모든 것들이 우리를 성장하게 했을 겁니다. 그리고 위기의 순간을 함께 겪으면서 우리는 더 단단해졌습니다. 아이들은 엄마가 포기하지 않으려고 죽을힘을 다해 힘을 내고 있다는 것을 알고 있었던 것 같아요.

그런 엄마의 모습을 보며 아이들 역시 포기하지 않고 최선을 다하려는 모습을 보였어요. 말도 안 통하고 하루 종일 영어를 사용해야 하는 쉽지 않은 학교생활이었지만 다양한 친구들을 사귀며 그곳에 적응하는 아이들의 모습이 기특하더군요. 우리는 많은 친구들을 사귀었습니다. 중국인, 베트남인, 대만인, 미국인 등. 다양한 국적의 친구들을 사귀며 우리는 문화의 다양성을 자연스레 알게 되었죠. 문화가 다름을 인정하고 배려할 줄 알게 된 겁니다. 또한 상대방을 이해하는 모습도 배우게 되었습니다.

"한국 사람들은 처음 만나면 왜 나이를 물어보는 거죠?"

"나이가 같아야만 친구가 되는 건 아니잖아요."

"친구는 나이와 상관없지 않나요?"

한국 사람인 나에게는 다소 충격적인 이야기였어요. 하지만 틀린 말은 아니었죠. 우리는 현지인의 말에 고개를 끄덕이며 동의했습니다. 저와 삼 남매는 또 한 가지를 배우게 되었죠. 우리는 나이가 같아야만 친구가 된다고 생각하잖아요. 그래서 대부분의 첫 만남에서는 나이부터 물어보곤 하죠. 나이를 조사(?) 한 뒤 언니/동생/형님으로 구분 짓고 친구는 될 수 없음을 다시 한번 확인합니다. 하지만 그것은 우리의 선입견일 뿐이었어요. 마음을 열어야 한다는 것을 잊은 채 나이라는 숫자에만 연연했던 거죠. 숫자에 연연하지 않고 마음을 열면 누구와도 친구가 될 수 있다는 것을 잊지 마세요. 그리고 나이와 상관없이 상대방에게 배우려는 자세도 필요합니다.

이렇게 우리는 필리핀에서 많은 것을 배웠습니다. 함께 한다면 어려움도 극복할 수 있다는 것과 서로에게 힘이 되어주는 가족이 있다면 쉽게 포기하지 않는다는 것을 자연스레 배우게 된 것이죠.

새로운 일에 도전하고 싶다는 저의 바람과 아이를 키우면서도 잘할 수 있다는 것을 보여주고 싶었던 마음 때문에 저는 필리핀행을 택했습니다. 그로 인해 많이 성장할 거라는 확신이 있었거든요.

　　아이의 성장은 물론 중요합니다. 하지만 아이의 성장에만 집중하지 말고 엄마인 나의 성장에도 눈을 돌려 보세요. 엄마가 성장하면 아이는 엄마의 모습을 보고 자연스레 성장하게 되거든요. 엄마의 성장이 없다면 아이의 성장도 없을 것이고, 엄마로서의 성장이 없다면 앞으로 다시 시작될 내 인생도 찾기 어렵습니다. 항상 배우려고 노력하는 엄마가 되어야 합니다. 포기하지 않고 노력한다면 나의 성장과 더불어 아이들도 성장하는 법이니까요!

엄마가 아닌 나를 위한 도전이 두렵지 않으려면

초등학교, 중학교에 다닐 때 소풍을 가면 항상 장기자랑 코너가 빠지지 않았지요. 반에서 끼 많고 유쾌한 친구들은 손을 번쩍 들어 당당하게 무대 위로 올라가 한껏 끼를 발산하던 그 시간! 장기자랑 코너에 참여한 친구들은 조금의 긴장감도 없이 무대를 즐기는 모습이었습니다. 노래를 부르기도 하고, 춤을 추기도 하고, 코미디언 흉내를 내기도 하면서 본인의 장기를 마음껏 뽐내기에 바빴죠. 반 친구들의 뜨거운 반응과 함성이 쏟아질 때면 무대 위에서 뿌듯한 표정을 지었던 친구들의 모습이 눈에 선합니다.

제 눈에는 그런 친구들이 참 신기했어요. 장기 자랑에 참가를 한 모든 아이들이 상을 받거나 박수를 받는 것도 아닌데 왜 저렇게 적극적인 모습인지 이해가 되지 않았죠. 많은 사람들 앞에 나서서 어떻게 저런 모습을 보여줄 수 있는 건지 의아하기도 했고요. 많은 사람들 앞에 나서고 싶다는 생각은 있었지만 벌렁 거리는 심장과 벌겋게 달아오르는 얼굴 때문에 그림의 떡이었던 저에게는 그런 친구들이 굉장히 부럽기도 했습니다.

저는 굉장히 소극적인 성격이었어요. 또한 능동적이지 못한 사람이었죠. 지금 저를 알고 있는 사람들이 이런 이야기를 들으면 믿지 않겠지만 누가 뭐래도 최고의 소심쟁이었습니다. 누가 시키기 전에는 스스로 무언가를 하려고 하지도 않았어요. 사람들 앞에 나서는 것은 상상할 수도 없었고, 손을 번쩍 들어 발표하는 것도 쉽지 않았습니다. 혹시라도 내가 대답한 것이 정답이 아닐까 봐 항상 전전긍긍했기 때문이죠. 사람들 앞에서 나의 부족함을 보여주기 싫었습니다. 수업 시간마다 선생님께서 발표를 시킬까 봐 긴장했어요. 내 번호와 같은 날짜에는 학교에 가기 싫을 정도였으니, 얼마나 소심했는지 아시겠죠?

반장도 여러 번 했었고 어릴 때부터 피아노를 쳤던지라 학교 합창부 반주자로 대회에 나간 적도 많아요. 하지만 이런 모든 것들은 스스로 선택한 것이 아닌 타의에 의한 행동이었습니다.

'1 더하기 1은 2'와 같이 백 프로 정확하고 확실한 것에만 적극성을 보였던 나였죠. 실패할 확률이 1퍼센트만 되어도 저는 시도조차 하지 않았습니다.

지금 와서 생각해 보면 저는 '실패' 혹은 '부정확함'이라는 단어에 두려움을 느끼고 있던 것 같아요. 이런 성격과 기질을 가지고 있는 제가 세 아이를 낳고 길렀습니다. 아이를 키우면서 내 생각대로 백 퍼센트 정확한 결론이 났던 적이 얼마나 될까요? 얼마나 많은 시행착오를 겪었을까요? 아이들을 키우면서 내 생각과는 다르게 흘러가는 상황을 많이 경험합니다. 내 생각과 계획대로 아이들이 성장한다면 어려운 일이 없을 거예요. 그렇게만 된다면 우리 모두 베테랑 중의 베테랑 엄마가 되었겠죠. 아이를 키우면서 내가 믿었던 것들이 왕왕 틀리는 경우를 겪었을 겁니다.

사람들은 어떤 일을 시작할 때 결과를 성공과 실패로 나누곤 합니다. 자신이 바라는 대로 성과가 나오면 성공한 것이고, 자신의 계획과는 다르게 진행되거나 결과가 좋지 않다면 실패했다고 생각하죠. 그리고 그 결과에 따라 기분이 달라집니다. 성공이라는 결과가 나오면 행복해하고, 실패라는 결과가 나오면 인생이 실패한 것처럼 우울함에 빠지기도 하죠.

저 역시 그랬습니다. 세 아이를 낳기 전까지는 결과치가 정확하지 않은 무언가에 도전을 하거나 결과를 예측하기 힘든 일들은 시도조차 하지 않았습니다. 하지만 세 아이를 낳고 키우며 많은 부분이 달라졌죠. 소극적이고 능동적이지 못했던 내가, 실패라는 단어에 두려움을 느끼고 있었던 내가 180도로 변화했습니다. 제가 이렇게 달라질 수 있었던 것은 엄마라는 이름을 얻게된 후였어요. 사람을 길러내는 그 어려운 일을 했는데 못할 일이어디 있을까요? 사람을 만드는 일보다 더 힘든 일이 어디 있을까요? 엄마라는 이름을 갖고 있는 우리는 못할 것이 없는 천하무적이 된 것입니다.

"또 무슨 일을 저지를까 생각 중이지?"

조용히 아무 말도 하지 않고 생각에 잠겨 있는 저를 보면 남편은 항상 저렇게 얘기한답니다. 네. 맞아요. 저는 또 무슨 일을 저지를까 심각하게 생각 중이거든요. 저는 어떤 일을 저지를까생각만 하고, 말로만 하는 것이 아니라 결정이 되면 바로 실행에옮깁니다.

제주도를 사랑하는 나. 어떤 핑계를 대서라도 제주에 자주가고 싶다는 생각이 들었습니다. 마음 같아서는 다시 제주로 이사하고 싶지만 상황이 여의치 않아 그렇게는 할 수 없으니 다른 방법을 찾아야만 했죠.

'제주도 한 달 살기' 빙고! 바로 이것입니다. 한 달 살기 숙소를 운영하는 거죠. 그렇다면 청소와 관리를 핑계 삼아 제주에 자주 갈 수 있을 것이고, 우리 가족의 편안한 쉼터도 될 수 있으니 일석이조 아니겠어요? 결정을 했으니 바로 실행에 옮겨야겠죠? 우선 한 달 살기 콘셉트를 생각해 보고 그 콘셉트에 맞는 집을 구했습니다. 그 후에 사업자 등록까지 완벽하게 마쳤어요. '한 달 살기 숙소를 운영하자.'라고 생각한 후 모든 일을 처리하는데 4일이라는 시간밖에 걸리지 않은 저를 보고 누군가는 무모하다고 얘기할 것이고 누군가는 추진력이 좋다고 얘기할 거예요.

저는 해보기도 전에 먼저 실패할 것이라고 생각하지 않습니다. 인생에 실패는 없다고 생각하거든요. 내가 계획한 대로 흘러가지 않을 때가 있을 뿐, 실패한 것은 아니잖아요? 새로운 일에 도전을 하고 실행에 옮기는 것이 중요한 거죠. 말로만 떠드는 것이 아니라 행동으로 옮겨야 하는 것입니다. 행동으로 옮기는 순간 반은 성공한 거죠!

결과가 나의 생각대로 나오지 않는다고 해서 슬퍼할 필요도 없어요. 새로운 일에 도전을 했다는 것과 그 일을 진행하는 과정에서 많은 것을 배웠기 때문에 슬퍼할 필요는 없는 거죠. 결과적으로 실패했다고 해도 내가 경험한 모든 것들은 사라지지 않으니까요. 그 경험을 통해 우리는 더 단단해집니다.

지금도 저는 한 달 살기 숙소를 운영하고 있습니다. 그 핑계로 한 달에 한 번은 제주에 가고 있죠. 수익이 좋냐고 묻는다면 당당하게 '아니오'라고 얘기하겠습니다. 수익으로만 봤을 때는 나의 선택은 옳지 못했던 것이고 결과적으로는 실패한 것이지만 저는 이 과정을 통해서도 많은 것을 배웠어요. 농·어촌 민박 허가에 관한 법률적인 부분을 배우게 되었고, 합법적인 임대업 운영에 관한 부분 또한 배울 수 있었죠. 집을 예쁘게 꾸미는 일에는 전혀 관심도 없고 재능도 없었던 저였지만 한 달 살기 숙소를 운영하면서 나름의 센스도 생겼으니 이 얼마나 기쁜 일입니까?

성공과 실패를 떠나 새로운 일에 도전함으로써 많은 것을 배우게 되었습니다. 제주도를 자주 가고 싶다는 나의 바람도 이루어진 것이니 성공과 실패로 단정 지을 수는 없는 거죠. 수익도 나지 않고 청소하고 관리하느라 힘만 드는 이 일을 왜 하냐고 묻는다면 "새로운 일에 도전하는 것이 좋아서.", "어떤 것이든 알게 되는 것이 좋아서."라고 대답할 수 있겠네요.

'똥인지 된장인지 꼭 찍어 먹어봐야 아나?'라는 말이 있죠? 저는 꼭 찍어 먹어봐야 안다고 생각합니다. 보기만 해서는 똥인지 된장인지 확실하게 알 수 없는 법이니까요. 무엇이든 해보고 직접 겪어봐야 아는 거죠. 나의 선택으로 똥을 고르게 된다고 해도 실패는 아니에요. 그 경험을 통해 나중에는 된장을 한 번에 찾아낼 수 있는 능력이 생기게 될 테니까요. 한 마디로 나의 능력치가 올라가는 겁니다. "이러쿵~ 저러쿵~" 말로만 하는 사람들은 제자리걸음일 것이고 행동에 옮기는 사람은 빠르게 성장합니다.

엄마로서의 내가 아닌 한 인간으로서의 내가 해 보고 싶은 일들을 적어보세요. 대단하고 화려한 것들이 아니어도 상관없습니다. 그렇게 써본 후 내가 써 내려간 목록을 보며 하나씩 도전해 보세요. 행동에 옮기기도 전에 실패라는 단어에 휩쓸려 시간 낭비하지 말고, 실패하는 것이 두려워서 해보지도 않고 포기하는 일은 절대 없어야 합니다. 우리는 엄마이기에 더 잘할 수 있다는 확신을 가지세요.

사람을 길러낸 우리가 못할 것은 없습니다. 이 세상에서 가장 힘든 일, 육아를 해냈으니 무엇이든 할 수 있죠. '애 딸린 어미라 못해요.'가 아닌, '애 딸린 어미라 더 잘할 수 있어요.'가 맞는 말입니다. 어떤 일이든 도전하는 것은 두려워해야 할 일이 아닙니다. 가슴 뛰고 벅찬 일이죠. 저는 이 세상의 모든 엄마들이 도전하는 엄마가 되길 바랍니다.

나를 위한 도전이 두렵지 않으려면 실패라는 단어를 생각하지 마세요. 도전으로 인해 한 뼘 더 성장할 뿐 실패는 없으니까요. 지금부터 한번 생각해 보세요. '현명한 아내, 좋은 엄마'라는 꿈 외에 나의 꿈을 꺼내고 도전해 보는 겁니다. 우리는 분명 잘해낼 수 있어요. 왜냐고요? 우리는 엄마니까요!

끊임없이 노력하는 엄마는
아이들에게 독립을 선물한다

아이를 키우다 보면 하루가 순식간에 지나감을 느끼시죠? 저역시 그랬어요. 집안일을 하고 아이들을 쫓아다니다 보면 하루가순식간에 지나갔죠. 나를 위한 시간은 꿈도 꾸지 못했어요. 아이셋을 등원시킨 후 집안일을 하고 있는데 갑자기 서러움이 몰려오더라구요. 거울에 비친 내 모습이 왜 그리도 슬퍼 보이던지…. 세수도 못한 얼굴에 고무줄이 늘어난 바지를 입고 땀을 뻘뻘 흘리며 집안일을 하고 있는 내 모습이 불쌍해 보였어요. 저는 일주일에 두세 번씩 이불 빨래를 하고, 매일 화장실 청소를 하고 창문을 닦았으며 일분일초도 쉬지 않고 집안일로 움직이는 사람이었어요.

같은 아파트에 살고 있는 친구들이 "너는 락스 없으면 못 살지? 너처럼 쓸고 닦는 사람은 처음 본다."라고 말할 정도로 매일 같이 집안일을 전투적으로 했습니다. 집안일을 안 한다고 누가 뭐라 할 사람도 없었고 하루 정도 청소를 안 한다고 어떻게 되는 것도 아닌데 왜 그렇게 집안일에 목숨을 걸었는지 모르겠네요. 저희 집은 아이 셋을 키우는 집이었지만 거실에 어질러진 장난감은 없었어요. 장난감은 항상 제자리에 있었죠.

긴 머리를 가지고 있는 여자가 세 명이나 있었지만 바닥에 떨어진 머리카락은 찾아보기 힘들었어요. 부스러기가 많이 나오는 과자는 아이들에게 사주지 않았고 가끔 사준다 해도 현관문 앞에 서서 먹으라고 할 정도였으니…. 정말 노답인 아줌마였던 것입니다. '내가 왜 이렇게 청소에 집착했을까?' 하고 생각해보면 제가 할 수 있는 일은 깨끗한 상태를 유지하는 집과 맛있는 음식을 해주는 것이 전부라 생각했던 것 같아요.

그러던 어느 날, 행복해 보이지 않는 거울 속의 내 모습을 보고 변화하기로 마음먹었습니다. 엄마로서 깨끗한 집 상태를 유지하는 것과 맛있는 밥상을 차려주는 것보다 나 자신을 위한 시간이 훨씬 중요하다는 것을 깨닫게 된 거예요. 거울 속에 비친 불쌍한 내 모습보다 집안일을 조금 뒤로하더라도 행복한 내 모습이 보고 싶었거든요.

달라지리라 마음은 먹었지만 몇 년씩이나 엄마로서의 삶을 살아온 터라 나를 위한 일이 무엇인지 막상 생각이 나지 않았어요. 어떻게 무엇부터 시작해야 하는 건지 막막하더군요. 일단 가장 쉬운 것부터 해나가기로 결정했어요. 전투적으로 했던 집안일을 줄여보는 거죠. 집안일 때문에 내 시간을 가질 수 없었기에 집안일을 줄이고 짧게나마 내 시간을 갖기로 했습니다. 장난감이 굴러다녀도 못 본 척하고, 아이들의 방에 이불 정리가 되어 있지 않아도 못 본 척했죠. 집안일에 충성을 다한 사람이라 처음에는 그런 꼴을 보는 것이 힘들었지만 계속 보다 보니 그것도 차츰 적응이 되더라고요.

'집안일에 소홀한다고 식구들이 뭐라 하지는 않을까?'

저의 예상과는 달리, 이런 저의 변화를 아이들과 신랑은 두 팔 벌려 환영했습니다. "정리해!", "치워!" 같은 잔소리를 달고 살았던 저에게 그런 잔소리를 듣지 않게 되었으니 엄청 기뻤을 거예요. 과자를 마음 편히 먹거나 원하는 대로 장난감을 가지고 놀 수 없었던 아이들도 엄마의 변화를 환영했습니다. 이렇게 집안일을 줄이고 나의 시간을 만들기 시작했어요. 그 시간은 그리 길지 않았지만 참 행복한 시간이더군요. 책을 읽기도 하고 좋아하는 음악을 들으며 내 시간을 만끽했습니다. 엄마가 아닌 나만의 시간이 너무나 좋았어요. 이렇게 나는 나만의 시간을 짧게라도 갖는 것이 얼마나 중요한 것인지 깨닫게 되었습니다.

엄마들은 항상 바쁜 사람들이기에 시간이 없다고 생각할 수도 있습니다. 나의 하루 일과를 한번 적어보세요. 아침에 눈을 뜨는 순간부터 잠자리에 드는 순간까지 적어보는 거죠. 적어놓은 일과표를 보고 나만을 위한 시간을 만들어 보는 거예요. 길지 않더라도 상관없습니다. 5분이라도 좋아요. 나를 위한 시간이 만들어졌다면 이제 그 시간은 나를 위해서만 쓰기로 다짐하고 실천해 보세요. 멍하니 앉아만 있어도 좋고, 일기를 써보는 것도 좋습니다. 책을 읽고 음악을 듣는 것도 좋죠. 맛있는 차 한 잔을 마시고, 오래된 사진첩을 보며 추억을 회상해도 좋고요. 나만의 시간이니 그 어떤 것을 해도 행복함을 느낄 수 있을 거랍니다.

이렇게 나의 시간을 갖고 몸과 마음을 쉬게 한다면 스트레스는 당연히 해소될 겁니다. 엄마의 스트레스가 해소되면 자연스레 가족들은 더 행복해질 거예요. 이렇게 잠깐씩 나를 위한 시간을 가져 보았다면 그 시간을 차츰 늘려 보세요. 물론 침대에서 뒹굴

뒹굴하며 보내기보다는 나를 위한 투자로 연결시키는 것이 좋습니다. 운동을 배워도 좋고 공부를 해도 좋아요. 저는 나를 위한 시간이 늘어나면서 공부를 다시 시작했어요. 엄마의 성장이 있어야 아이의 성장도 있다는 것 기억하시죠? 그래서 아이들과 함께 성장하기 위해 필요한 자격증을 취득했죠. 사실 오랜만에 하는 공부라 처음에는 어색하고 힘들었어요. 내가 잘할 수 있을지도 의문이었죠. 그럼에도 나는 나 자신을 믿고 파이팅을 외쳤습니다. 외출이 자유롭지 않은 세 아이의 어미인지라 온라인으로 수업을 듣고 예상 문제를 풀어가며 공부를 했죠.

"엄마는 어른인데 왜 공부를 해?"
"엄마는 더 좋은 엄마가 되기 위해 공부하는 거야."

엄마도 공부한다는 것을 보여주면 아이들은 잔소리하지 않아도 자연스레 책상에 앉는답니다. 엄마가 책을 읽는 모습을 보여주면 아이들 역시 책을 좋아하는 사람으로 자라게 되는 것이죠.

"엄마! 지각이야! 지각!"

어느 날, 첫째와 둘째가 비명을 지르며 거실로 나왔어요. 늦 잠을 자서 학교에 지각을 하게 된 상황이었죠. 더 이상 늦으면 안 된다는 것을 알았는지 재빠르게 등교 준비를 했습니다. 이런 상황 이라면 대부분의 아이들은 깨워주지 않았다고 엄마에게 화를 내 거나 짜증을 낼 거예요. 하지만 저희 집에서는 그런 모습은 볼 수 없죠. 지각하지 않도록 시간에 맞춰 아이들을 깨워줄 수도 있어 요. 하지만 저는 큰아이들이 초등학교에 들어간 이후로는 단 한 번도 깨워준 적이 없답니다. 냉정한 엄마로 보일 수 있지만 그 정 도의 일은 스스로 할 줄 알아야 한다고 생각했어요. 그리고 그에 따른 결과도 스스로 책임져야 한다고 가르쳤습니다.

"엄마, 늦었는데 한 번만 태워다 주면 안 돼?"
"오늘은 특별히 엄마가 태워다 줄게. 엄마의 시간을 너희에 게 내어 주는 것이니 고마워해야 해!"

저는 아이들이 어릴 때부터 독립적으로 키우려고 노력했습 니다. 당연하게 얻어지는 것은 없다고 가르쳤어요. 알림장을 확 인하거나 가방을 챙겨준 적도 없고, 입고 가야 할 옷이나 신발을 골라준 적도 없습니다. 사소한 것부터 큰 것까지 무언가 결정해야 할 때에도 저는 아이들에게 결정권을 주었어요. 물론 아이들이 모르는 분야라면 충분히 설명해 주고 선택은 아이들이 할 수 있도록 도왔습니다. 본인이 결정하고 그 결정에 따른 책임도 본인이 지는 것이라 가르친 거죠.

어찌 보면 나쁜 어미로 보일지 모르겠지만, 저는 아이들을 위해서라도 독립적으로 키우는 것이 옳다고 생각했습니다. 또한 어릴 적부터 자기주도 학습을 할 수 있도록 도왔어요. 엄마가 잔소리해서 억지로 책상에 앉는 것이 아니라 본인이 해야 할 것을 알고 계획적으로 매일 공부(독서) 할 수 있도록 가르쳤죠.

아이들의 습관이 잡히기 전까지 엄마는 많은 노력을 필요로 합니다. 하루도 빠짐없이 자신과의 약속을 지켜야 하고 아이들이 힘들어할 때는 엄마의 폭풍 응원도 필요하거든요. 어떤 어려움이 있어도 자기주도 학습이 꼭 필요하다는 것을 알고 있었기에 포기하지 않고 습관이 되도록 노력했습니다. 공부는 대신해 줄 수 있는 것이 아니니까요. 공부를 해야 하는 이유를 정확하게 인지하고, 본인이 부족한 부분을 스스로 파악한 후 계획을 세워 그 계획에 맞게 진행해야 합니다. 꼭 공부가 아니더라도 인생을 살면서 무언가에 집중하고 계획을 세워 처리하는 능력과 꾸준함은 반드시 필요한 요소라고 생각하기에 자기 주도가 될 수 있도록 아이들을 격려했답니다.

아이들의 양육에서 가장 중요한 것은 먹이를 가져다주기보다 먹이 잡는 방법을 가르쳐 주는 것입니다. 이러한 교육으로 인해 삼 남매는 독립적인 아이들로 성장하고 있습니다. 독립적이라고 해서 엄마와 관계가 좋지 않다거나 엄마를 좋아하지 않는다는 것은 아닙니다.

어릴 적 충분한 애착관계를 형성했다면 아이들은 주도적이고 독립적으로 자란다는 것을 기억하세요. 엄마라서, 엄마니까 모든 것을 다 해줘야 한다고는 생각하지 않습니다. 또한 엄마이기 때문에 모든 것을 희생하는 것은 옳지 않다고 생각해요. 마음으로 듬뿍 사랑을 해주며 행동으로 사랑을 표현해 주는 것과 나를 희생하는 것은 엄연히 다른 거죠. 저는 아이들에게 엄마도 엄마이기 전에 사람이라는 것과 엄마가 해주는 모든 것이 당연한 것이 아님을 강조했어요. 일명 '생색내기 좋아하는 엄마'인 거죠. 무엇 하나를 해주더라도 마구마구 생색내는 엄마. 아이들을 상대로 이런다는 것이 조금은 우습지만 '생색내기 좋아하는 엄마'도 꼭 필요하다고 생각합니다.

엄마도 꿈이 있고, 하고 싶은 것들이 있다고 자주 이야기했어요. 덕분에 아이들은 자연스레 엄마의 꿈을 응원해 주고 도와줄 것이 없냐고 묻곤 하죠. 나의 인생과 아이들의 인생을 위한 교육의 목표는 '독립'인 것임을 잊지 마세요. 독립적으로 아이들을 키워야만 나의 삶과 아이들의 삶 모두가 행복한 법이니까요.

　중학교에 다니고 있는 첫째와 둘째는 기숙사가 있는 학교에 재학 중입니다. 너무 빨리 내 품을 떠나는 것 같아 한편으로는 짠했지만 저는 아이들을 믿었어요. 아이들은 어릴 적부터 독립적으로 자란 탓에 기숙사 생활도 어려움 없이 잘해 나가고, 대견한 모습으로 커가고 있습니다.

　한 인간으로서 성장하고 제대로 된 인생을 살고 싶다면 스스로 환경을 만들어야 합니다. 나를 위해 누군가가 대신해 줄 거라는 생각은 하지 마세요. 그리고 내 스스로를 존중하고 사랑하며 나의 꿈을 응원하는 마음을 가지세요.

　앞서 말한 것처럼 나만의 시간을 갖도록 노력하세요. 온전히 나를 위한 시간은 꼭 필요합니다. 그리고 아이들을 독립적으로 키우세요. 그렇게 된다면 나의 인생을 다시 찾기가 조금은 수월해질 거예요. 그리고, 남편과 아이들에게 나의 꿈을 자주 얘기하세요. 사랑하는 가족들의 응원과 격려가 있다면 못할 것은 없으니까요.

남편을 조력자로 만드는 것이 우선이다

"당신은 잘할 수 있을 거야."

"결과는 중요하지 않아. 당신이 도전(경험) 했다는 것 자체가 큰 재산이 될 거야."

초등학교 동창인 남편은 제가 새로운 일에 도전하고, 어떤 일을 저지를까 고민하고 있을 때 항상 저에게 이렇게 얘기해 줍니다. 제가 무언가를 시작할 때 남편은 단 한 번도 "안돼."라는 말을 한 적이 없어요. 때로는 무모해 보이고 결과가 빤히 보이는 일일지라도 남편은 항상 같은 모습이었습니다. 항상 내 옆에서 응원해 주고 나의 생각을 존중해 주는 고마운 사람이죠. 저는 이런 남편의 응원을 받으며 지금까지 성장해 왔습니다.

"너는 남편을 참 잘 만났어."
"그런 남편이 어디 있니?"

우리 부부를 아는 사람들은 모두 다 이렇게 얘기합니다. 가장 가까운 사람의 응원을 받고 지지를 받는다는 것은 참으로 감사한 일이죠. 친구들은 우리 부부를 부러워하기도 해요. 닭살 부부라며 놀리기도 하고, 여전히 그렇게 좋냐며 묻기도 하죠. 저와 남편은 그러한 물음에 "그렇다."라고 확실히 대답할 수 있답니다. 남편과 저는 좋은 친구이자 든든한 지원군이니까요.

저와 남편은 초등학교 동창이랍니다. 시골의 작은 초등학교에 함께 다녔죠. 같은 반이었던 적도 있었지만 그땐 친하게 지내지 않았기 때문에 남편의 초등학교 모습은 내 기억엔 많이 없습니다. 그런데 남편의 기억 속에는 초등학교 시절의 내 모습이 있다고 하더군요. 개구쟁이였던 남편의 장난을 선생님께 일러서 혼난 적도 있고, 형형색색의 드레스와 구두를 신고 공주처럼 등교했던 제 모습이 기억난다고 말하더라고요.

저의 생일날, 본인은 초대받지도 못했는데 친구를 따라 우리 집에 와서 맛있는 생일 음식을 먹은 적도 있다고 합니다. 남편의 말대로 제 생일날 친구들과 찍은 사진 속에는 초등학교 4학년, 초대하지도 않았던 개구쟁이 모습의 남편이 저와 함께 있더군요.

작은 동네였기에 누가 누구의 아들인지 딸인지를 다 아는 동네였고, 우리 아버지들은 "형님", "동생" 하며 살갑게 지내는 곳이었습니다. 길을 지나다닐 때 익숙한 얼굴의 어른들이 많아 인사를 하느라 바쁠 정도였으니 작은 마을이었다는 것이 느껴지시죠? 이렇게 작은 동네에서 함께 어린 시절을 보내고 대학 입학을 앞두고 있던 어느 날 초등학교 동창회에서 남편을 다시 만나게 되었습니다.

저의 기억 속에는 까불까불 개구쟁이였는데 다시 만난 그때의 남편에게는 그런 모습은 남아 있지 않았어요. 멋지게 자라 자상하고 따뜻한 사람이 되어 내 눈앞에 있었습니다. 우리는 몇몇 친구들과 요즘 말하는 남사친, 여사친이 되어 자주 만났어요. 어릴 적 이야기를 함께 나누며 그 시절로 돌아가 추억을 회상했죠. 어린 시절을 함께 보냈다는 공감대 때문이었을까요? 함께 있으면 편하고 좋았습니다. 말은 없지만 배려하는 모습이 보였고 나의 말에 공감해 주는 그 사람이 참 좋더군요. 따뜻한 마음을 가진 사람이라는 것이 느껴졌고, 행동 하나하나에서 자상함이 묻어 났어요. 이렇게 우리는 친구에서 연인이 되었답니다.

연애시절까지 더하면 남편과 제가 함께한 시간은 20년입니 다. 20대의 화려한 청춘을 함께 보냈고 지금은 인생의 좋은 동반 자가 되어 인생을 함께 하고 있습니다. 20년이라는 시간 동안 좋 기만 했을까요? 결혼 초, 그리고 아이 셋을 낳고 키우며 참 많이 도 싸웠습니다. 남편은 회사에 미쳐있었고 저는 아이 셋을 혼자 키웠어야만 했죠. 아이 셋을 임신하고 출산하는 동안 남편과 함께 병원에 간 것은 열 번도 안 될 만큼 남편은 항상 바빴어요. 둘째 아이를 응급으로 낳아야 하는 상황에서도 남편은 보호자 동의서 에 사인만 하고 바로 회사로 달려간 사람이었죠. 쉬는 날도 없었 고, 여름휴가는 꿈도 꿀 수 없었습니다.

솔직히 이런 남편의 모습이 이해되지 않은 적도 많았어요. 하지만 저는 그를 있는 그대로 존중하려 했습니다. 한 번도 불 평, 불만을 쏟아 낸 적이 없죠. 도를 닦는 심정으로 남편의 입장 이 되어 생각하려고 많이 노력했어요. 내가 남편이라면? 아이가 셋, 거기에 아픈 아이를 책임져야 하는 상황까지…. 가장으로서 열심히 돈을 벌어야 한다는 생각이 앞서는 것은 당연하다는 생 각이 들었습니다. 저는 이렇게 남편을 이해했어요. 남편의 입장에서 생각을 하고 보니, 남편을 이해하지 못했던 나 자신이 부끄러워지더군요. 나의 생각대로 상대방을 보면 도무지 이해가 되지 않을 테지만, 상대방의 입장에서 생각해 보면 쉽게 답을 얻을 수 있다는 것을 알게 되었습니다.

고통과 시련을 함께 겪은 관계는 더욱더 단단해진다고 합니다. 우리도 그랬어요. 아픈 셋째를 낳고 많이도 힘들었을 때 내 탓인 것만 같아 가족들에게도 미안한 마음만 가득이었죠. 죄책감 때문에 힘든 병원 생활을 하면서도 힘들다고 얘기하지 못했던 나였습니다. 그때 제 곁에는 남편이 있었어요. 남편은 저의 온갖 투정을 받아 주었죠. 힘들다고 소리를 지르고 포기하고 싶다고 화를 내며 악다구니를 쏟아내던, 감정에만 치우친 저를 이성적으로 붙잡아 준 사람입니다. 친정 아빠가 돌아가셨을 때도 제 곁에서 힘이 되어준 고마운 사람이죠. 제 곁에 이런 남편이 없었다면 저는 여러 가지 아픔을 이겨내지 못했을 것입니다.

고통과 시련을 한 번도 겪지 않은 부부가 있을까요? 고통과 시련이라고 해서 목숨이 왔다 갔다 하는 거창한(?) 것을 얘기하는 것은 아니에요. 우리가 '힘들다'라고 느끼면 고통과 시련인 거죠.

그럼 생각해 보세요. 우리가 부부의 인연을 맺고 살아가는 동안 얼마나 많은 고통과 시련이 있었는지를…. 그 고통과 시련을 누구와 함께 이겨냈을까요? 네! 바로 배우자입니다. 어렵고 힘든 일을 함께 이겨낼 수 있어야 부부인 것이죠. 크고 작은 고통과 시련을 함께 이겨냈다면 관계는 더욱더 단단해졌을 것입니다. 이렇게 우리는 서로에게 귀한 사람들인 거죠.

저는 남편에게 제가 듣고 싶은 말을 먼저 한답니다. "사랑해!"라는 말이 듣고 싶을 땐 제가 먼저 "사랑해~!" 하고 얘기하죠. 내가 여왕의 대접을 받고 싶다면 나부터 남편을 왕처럼 대합니다. 상대방에게 원하는 것이 있다면 나부터 먼저 바뀌어야 하는 거죠. 저는 말이 없고 감정 표현에 서툰 남편의 모습이 마음에 들지 않았어요. 잔소리도 해보고 투덜대기도 해봤지만 남편은 쉽게 바뀌지 않았습니다. 평생 그런 성격으로 살았으니 단숨에 바뀌는 것이 쉽지 않았을 거예요.

제가 먼저 감정 표현을 하기 시작했습니다.

"오늘은 일이 많아서 힘들었어. 나 혼자 쉬고 싶어."

"오늘은 당신과 함께 있으니 너무 행복해."

나의 감정을 솔직하게 이야기했어요. 좋은 감정이든, 나쁜 감정이든 함께 나누려고 노력했던 거죠. 이렇게 솔직하게 표현하는 저의 모습을 남편은 좋아했습니다. 제 기분을 살피고 눈치를 보지 않아도 되기 때문이죠. 감정 표현에 솔직한 내 모습을 보던 남편도 어느 순간 달라지기 시작했어요. 힘들다는 이야기도 하지 않았던 사람인데 어느 날부터 "오늘은 조금 힘드네. 쉬고 싶다."고 이야기하기 시작했습니다. 그뿐만 아니라 화가 나는 일이 있을 때에는 화를 내기도 했어요. 저는 이렇게 솔직하게 감정 표현을 해주는 남편의 달라진 모습이 좋았습니다.

　내가 말하지 않아도 상대방이 다 알고 있을 거라는 착각은 하지 않는 것이 좋아요. 그런 일은 절대 없으니까요. 내 마음을 나도 잘 모르는데, 상대방이 내 마음을 어떻게 알 수 있겠어요? 내 마음을 알아주길 바란다면 솔직하게 이야기하고 표현하는 것이 현명한 거죠. 이렇게 서로 솔직하게 마음을 나눈다면 싸울 일도 당연히 줄어듭니다. 또한 상대방을 이해하고 배려할 수 있게 되죠. 이렇게 우리는 함께 갑니다.

　남편을 조력자로 만드는 것은 어렵지 않아요. 나부터 남편의 조력자가 되어주면 그것으로 끝. 나의 꿈을 이야기하기 전에 남편의 꿈을 먼저 물어보세요. 그 후에 남편의 든든한 지원자가 되어주는 겁니다. 내가 남편의 꿈을 응원해 주고 지지해 준다면 남편 역시 나의 꿈을 응원해 주고 지지해 줄 겁니다. 내가 듣고 싶은 말을 먼저 해주고, 내가 받고 싶은 행동을 먼저 해주면 되는 것이죠. 남편의 외조를 받고 싶다면 나부터 내조하면 됩니다. 현명한 사람과 살고 싶다면 나부터 현명한 사람이 되면 되는 거고요. 세상에서 가장 가까운 사람이자 평생 나의 편인 사람에게 나부터 든든한 백이 되어주는 겁니다. 그렇게 한다면 나에게도 든든한 백이 생기게 됩니다.

나의 꿈과 내 인생을 살고 싶다면 남편을 조력자로 만들어야 합니다. 내가 아무리 잘났다 해도 남편의 도움이 없다면 내 꿈과 인생을 찾는다는 것은 어렵기 때문이죠. 우리에게 남편은 가장 가까운 사람이며 나의 편이 되어줄 수 있는 사람입니다. 남편을 '남의 편'이 아니라 영원한 '내 편'으로 만드는 현명함이 우리 아내들에게 있음을 잊지 마세요.

엄마라서 포기하는 삶은 없다

국어 선생님, 신문사 기자, 심리 상담 치료사, 연극배우, 성우, 작가. 제가 한 번쯤 생각해 봤던 꿈입니다. 하고 싶은 것도 많고 되고 싶은 것도 많았어요. 마음만 먹으면 다 이룰 수 있다는 자신감도 있었죠. 새로운 일에 도전하는 것은 마냥 신나고 기분 좋은 일이었습니다. 젊음이라는 것 하나만으로도 큰 에너지가 솟아났고, 못할 것은 없다는 열정이 활활 타올랐어요. 두려움 따위는 없었죠. 맞아요. 엄마가 되기 전에는 그랬어요.

세 아이의 엄마가 된 후 나의 꿈은 어느 순간 사라졌습니다. 내 꿈이 무엇이었는지조차 생각나지 않았어요. 나의 꿈에 대해 진지하게 생각할 시간도 없었죠. 나의 부모가 그러했듯이 나 역시 아이들이 나의 꿈이자 인생이 되었습니다. 그렇게 엄마로서의 삶을 살았어요. 그때 나로서의 삶은 없었죠.

"동임아! 너는 엄마처럼 살지 말고, 날개를 펴고 훨훨 날아다녀."

어릴 적 엄마가 저에게 입버릇처럼 하셨던 이 말이 문득 생각났습니다. 어린 나는 이 말을 들을 때마다 기분이 좋지 않았어요. 내 눈에는 세상 최고의 엄마가 왜 엄마처럼 살지 말라고 얘기하는 건지 이해가 되지 않았죠. 엄마의 삶이 어때서? 나의 엄마로 사는 것이 싫은 걸까? 어린 시절의 나는 그런 엄마의 말이 이해되지 않았지만 엄마가 된 후 조금은 알 것 같았습니다. 본인의 꿈은 마음속 깊은 곳에 넣어두고 꺼내 볼 엄두도 내지 못했을 엄마. 이제는 당신의 꿈이 무엇이었는지조차 기억도 나지 않았을 엄마. 자식이 당신의 꿈이 되어버린 지 오래됐을 테니까요.

엄마는 항상 자식을 위해 희생해야 하는 걸까요? 나의 꿈은 잊은 채 아이들만을 위해 살아야만 하는 걸까요? 아니요. 결코 그렇지 않습니다. 엄마의 역할도 중요하지만, 나로서의 삶도 분명 중요해요. 저도 한때는 친정엄마와 같았어요. 나의 꿈은 잊어버린 채 아이들을 위해 좋은 엄마가 되는 것이 나의 꿈이었죠.

아이들을 위해 희생하고, 내가 아닌, 엄마로 사는 것이 좋은 엄마라고 생각했으니까요. 나의 모든 일과를 아이들에게 맞추고, 나의 인생 목표를 아이들에게 맞추었습니다. 아이들이 행복하면 나도 행복했고, 아이들이 우울하면 저도 우울했어요. 저의 삶은 곧 아이들이었죠. 아이들은 내 인생의 전부였어요. 꿈도 많았고 하고 싶은 것도 많았던 나의 모습은 사라진 지 오래되었죠. 하지만 친정엄마가 입버릇처럼 하셨던 그 말이 생각나는 순간, 정신이 번뜩 들더군요.

"너는 엄마처럼 살지 마."가 아니라 "너도 엄마처럼 살아."라는 말을 해주고 싶다는 생각이 들었어요. 내 인생을 부정하고 후회하는 모습이 아니라 당당한 나의 모습을 아이들에게 보여주고 싶었습니다. 저는 삼 남매가 행복하길 바라요. 하루하루 성장하길 원하고 실패를 두려워하지 않길 바랍니다.

이런 삼 남매의 모습을 응원하며 나부터 그렇게 되기로 결심했습니다. "엄마처럼 살지 마."가 아니라 "엄마처럼 살아."라고 말해주는 멋진 엄마가 되기로 한 거죠. 그럼, 멋진 엄마는 어떤 모습일까요? 아이들을 위해 희생만 하는 것이 멋진 엄마일까요? 아이들을 따라다니며 이것저것 챙겨주는 것이 멋진 엄마일까요? 하나부터 열까지 다 해주는 것이 멋진 엄마일까요? 아프진 않을까, 다치진 않을까 걱정하며 초초함으로 일관하는 것이 멋진 엄마일까요? 저는 그렇게 생각하지 않습니다. '멋진 엄마'는 엄마라서 모든 것을 포기하고, 아이들의 꿈이 내 꿈이 되어 사는 엄마는 아닙니다. '멋진 엄마'는 꿈을 가져야 합니다. 그리고 도전해야 합니다. 엄마라서 아이들 때문에 포기하는 모습을 보여주는 것이 아니라 너희들의 엄마라서 할 수 있다는 것을 보여줘야 합니다. 이것이 진정 '멋진 엄마'아닐까요?

저는 아이들에게 "엄마처럼 살아."라는 말을 해줄 수 있도록 노력했어요. 새로운 것에 도전하는 모습을 보여줬죠. 실패할까 걱정하는 모습이 아니라 도전 자체를 즐기는 모습을 보여줬어요.

학교와 학원에서 아이들을 가르쳤던 직업 덕분에 저는 교육에 관심이 많았습니다. 삼 남매를 키우면서 더더욱 교육에 관심이 많이 생겼죠. 셋째 아이의 케어를 위해 제 일을 포기했었지만 아이가 조금씩 발전하는 모습을 보면서 저는 다시 일을 할 수 있다는 생각을 했어요. 물론 예전과 똑같은 일은 할 수 없겠지만 제가 할 수 있는 것에 대해 생각하고 고민했습니다. 그렇게 고민을 하고 공부를 하면서 때가 오길 기다렸죠. 운 좋게도 저의 경험을 통해 할 수 있는 일을 찾게 되었습니다. 바로 지금 제가 하고 있는 유학원 일이죠.

아이들을 가르쳤던 경험과 세 아이를 키운 경험 그리고, 필리핀 어학원에서 일을 하며 현지 생활을 익힌 경험. 이러한 제 경험을 통해 유학원 일을 하게 된 것입니다. 중요하지 않은 경험은 없다는 사실을 다시 한번 깨닫게 됩니다.

한 번도 해본 적 없던 분야의 일이지만 저는 이 일이 참 좋습니다. 매일 새로운 사람들과 이야기를 나누고, 그들이 알지 못하는 정보를 주고 소통하는 일을 한다는 것에 감사합니다. 사실 아이 셋을 키우며 일하는 것이 쉽지만은 않지만 저는 이런 바쁨과 정신없음이 오히려 즐겁답니다. 유학일을 할 거라는 생각은 한 번도 해보지 못했지만 "함께 일을 해보자."라는 제안을 받고 가슴이 뛰었습니다. 새로운 것에 도전하는 것은 언제나 설레는 일이니까요.

삼 남매는 새로운 것에 도전하면서 하루하루 성장하는 저의 모습을 보고 자랐습니다. 엄마가 새로운 꿈을 꾸고 도전하는 것이 삼 남매에게는 더 이상 낯선 일이 아니죠. 저는 항상 새로운 일에 도전하고 이루고자 하는 목표를 정했어요. 그리고 열심히 노력했습니다. 성공과 실패라는 단어로 판단하는 것이 아니라 도전한다는 것 자체에 의미를 부여했기에 가능한 일이었습니다. 삼 남매에게 보여주고 싶었어요. 엄마라서 포기하는 것이 아니라 엄마라서 도전한다는 것을요.

꿈 많던 우리의 어린 시절을 한번 생각해 보세요. 꿈만 꾸면 다 이루어질 것 같았던 자신감 넘치던 모습의 우리. 우리의 마음 한편에는 분명 그때의 열정이 꿈틀거리고 있습니다. 엄마라서 그때의 열정과 꿈을 잠시 잊고 사는 것뿐이죠. 엄마라는 핑계를 대며 애써 꺼내려 하지 않는 것은 아닐까요? 더 이상 핑계 대지 마세요. 우리는 엄마이기 때문에 두려울 것이 없으니까요.

어린 시절의 나로 돌아가 봅시다. 그리고 나의 꿈을 생각해 보죠. 꿈을 잊은 지 오래라면 이제부터 내가 하고 싶은 것을 생각해 보아도 좋아요. 생각에만 그치지 말고, 행동에 옮기는 겁니다. 작은 것부터 하나하나 도전하는 거죠. 나로서의 삶을 그렇게 시작하는 겁니다. 자신감 넘치는 우리의 모습, 당당한 우리의 모습을 그려보세요. 그런 우리의 모습을 보고 자랄 아이들을 상상해 보세요. 우리의 아이들이 당당하길 원한다면 우리부터 당당해야 합니다. 아이들이 성장하길 원한다면 나부터 성장해야 합니다. 이런 모습을 보고 자란 아이들은 자연스레 엄마를 따라 그렇게 자랄 테니까요. 아이와 함께 성장하는 나의 모습. 생각만으로도 가슴 벅차지 않나요?

저는 지금도 새로운 것에 도전하고 있습니다. 그중 하나가 지금 하고 있는 작가로서의 모습이죠. 부족하고 배울 것도 아직 많지만, 나의 꿈 중의 하나였던 작가에 도전했습니다. 항상 꿈꿔왔어요. 내 이름이 적힌 책을 출판하는 것을. 그 책을 읽는 모든 사람들에게 도움이 되길 소망했습니다. 지금 저는 그 꿈을 향해 도전하고 있습니다. 엄마라서 나의 꿈을 포기한 것이 아니라 엄마라서 나의 꿈에 도전한 것이죠. 이런 나의 모습을 보고 삼 남매는 응원을 아끼지 않습니다. 책을 쓰겠다는 이야기를 처음으로 삼 남매에게 했을 때 아이들의 첫마디는 "와! 우리 엄마, 진짜 멋지다!"였습니다. 저는 우리 아이들에게 멋진 엄마가 되었습니다.

그토록 바랐던 멋진 엄마가 된 순간이었어요. 항상 일을 저지르는 엄마가 드디어 '멋진 엄마'가 된 겁니다. 저는 입버릇처럼 이야기해요. "너희들도 엄마처럼 살아." 그리고 이 말을 신뢰할 수 있도록 끊임없이 노력하고 도전합니다. 저는 이번 도전이 끝나면 또 새로운 것에 도전할 계획입니다. 결과는 중요하지 않아요. 나로서의 삶을 충실하게 사는 것이 내 인생을 사는 것이니까요. 아이들에게 이런 멋진 엄마의 모습을 보여준다는 것이 중요한 것입니다. 앞으로도 저는 삼 남매와 함께 배우고 성장할 것입니다.

간절히 소망합니다. 이 세상의 모든 엄마가 "너는 엄마처럼 살지 마!"가 아닌 "너도 엄마처럼 살아."라는 이야기를 할 수 있는 용기를 가질 수 있기를. 꿈도 많고, 하고 싶었던 것도 많았던 그때의 우리를 잊지 않기를. 엄마라서 포기하는 것이 아니라 엄마라서 꿈과 내 인생을 향해 도전하는 모습을 보여줄 수 있기를. 그리고 엄마라서 할 수 있다는 자신감을 가질 수 있기를 간절히 바라고 또 바라봅니다. 아이들과 함께 배우고 성장하며 내 인생 사는 멋진 엄마가 바로 당신이 될 수 있음을 잊지 마세요!

STORY 3.

재테크로 성장하는 엄마

[유혜인]

가난을 물려주지 않기 위해, 재테크의 신을 꿈꾸다

영화 신과 함께를 보면 저승사자 역할의 주지훈이 이런 말을 하는 장면이 있어요.

"난 환생할 거 정했어. 코스피 10위권 안쪽 재벌 2세로. 한국은 그거 아니면 저승보다 더 지옥이거든."

감명 깊은 대사는 아닌데 저도 모르게 고개를 끄덕이게 되더라고요. 그 지옥을 맛본 적이 있는 사람만 공감 가능한 대사였는지도 모르겠어요.

제 유년 시절은 불우했거든요. 지하 단칸방부터 옥탑방까지 30년간 11번 넘게 이사를 했고, 나태, 불의, 배신, 폭력 등 부정적인 것들에 휩싸인 삶을 살았어요. 모든 불행은 돈 때문이라고 생각했죠. 그래서 청소년기 내내 하루빨리 돈을 버는 어른이 되고 싶다고 날마다 기도했어요. 돈 때문에 힘들어하는 우리 집을 구해내는 영웅의 모습으로 미래를 상상하기도 했죠. 현실은 엄마 모르게 집집마다 전단을 붙이러 다니거나 길거리에서 전단을 나눠주는 형편이었지만요.

대학 때는 무작정 돈을 벌고 싶은 마음에 학교 다니는 시간도 아깝다고 생각했어요. 대학 4학년이 되기도 전에 선배가 추천하는 벤처기업에 무작정 입사했죠. 학교에는 조기 취업 서류를 제출하고 더는 나가지 않았어요. 대학 졸업장이 없다는 이유로 연봉 1,800만 원에 사인을 하고 직장인이 되었어요. 더 많은 돈을 벌고 싶어서 재택 아르바이트, 주말 마트 행사 아르바이트, 과외도 계속했어요.

어느 날 '이렇게 계속 살 수는 없겠다' 싶었어요. 계획 없이 경주마처럼 돈을 더 버는 것에만 몰두한 결과는 참혹했거든요. 이유도 모른 채 빚은 더 늘어나 있었고, 시간은 10년이나 흘러 나이 서른이 되었어요. 그제야 돈을 버는 것에만 집중해서는 빚을 갚을 수 없다는 사실을 깨달았죠. 빚이 늘어나는 속도가 임금이 올라가는 속도보다 배는 더 빨랐거든요. 근본적인 원인이었던 가족들의 소비가 관리되지 않고 있다는 사실도 깨달았어요. 이 상황을 돌파할 지혜도 지식도 없었던 저는 집을 떠나기로 결심했죠. 빠져나갈 수 없는 지옥 같았거든요. 가장 먼저 가족으로부터 경제적 독립을 외칠 필요가 있었어요. 저는 결혼을 핑계 삼기로 했죠.

20대 때 저는 사주팔자나 타로 점을 자주 봤어요. 건대입구역에서 내려 학교로 향하는 길에 타로 점을 봐주는 부스가 예닐곱 개 있었는데 답답한 마음, 속상한 마음이 들 때면 종종 찾아갔죠. 누구에게도 할 수 없었던 무거운 이야기를 모르는 사람이라는 이유로 가볍게 이야기할 수 있어 좋았어요. 점괘도 좋게 나오고 해설해 주시는 아주머니도 밝은 미래, 긍정적인 해결 방안을 제안해 주셔서 숨통이 트였죠. 어느 날은 자주 오는 제가 안타까웠는지 무료로 사주를 봐주셨어요.

"네 나이 서른에 결혼 운이 있네. 소, 돼지, 양띠의 남자! 5, 6월 생일의 남자랑 결혼하면 잘 살아. 이 남자 키도 작지 않아. 나중에 잘 살겨!"

당장 메모장을 열어 적었어요.

나이 서른이 되어 집에서 나와야겠다는 결심이 섰을 때 저는 잊고 있던 그 메모장을 다시 열어 보았어요. 그리고 친구들에게 수소문했죠.

"소, 돼지, 양띠에 5, 6월 생일의 남자를 찾아줘!"

그렇게 신랑을 소개받아 6개월 만에 상견례를 했고 연애 1주년 즈음 결혼을 했어요. 속전속결로 신랑과의 결혼을 결심할 수 있었던 것은 사주 속 이야기 때문만은 아니에요. 신랑과 두 번째 만났을 때의 일이 계기가 되었죠. 당시 저는 막상 소개를 받았지만 인연을 이어갈 자신이 없었어요. 가진 것 하나 없이 학자금 대출이라는 빚을 지고 있었기 때문에요. 결혼도 연애도 할 수 없겠다는 생각이 가득 차서 헤어질 결심을 하고 말했어요.

"죄송하지만, 저는 가진 돈이 하나도 없어요. 친정에 빚도 많고요. 여기까지 만나는 것이 좋겠습니다."

"내가 준비되어 있어요. 밥 굶길 일 없어요. 만나봅시다."

내 손을 잡고 신랑이 말했어요. 눈물 나게 고마웠죠. 고마운 마음만큼 돈을 더 열심히 벌어야겠다는 마음이 솟았어요. 언젠가 고마운 마음의 빚을 돈으로 갚고 싶기도 했고요. 당시 신랑은 나를 집으로부터 독립시켜주러 찾아온 천사 같았거든요. 경제적 독립, 정신적 독립을 도와준 그에게 기쁨을 줄 방법은 돈을 많이 버는 것이라 생각했어요. 다행인 점은 제가 돈을 버는 것에 집중하며 자랐다면 남편은 덜 쓰는 것에 집중해 온 사람이었다는 거예요.

우리는 각자가 잘하는 것을 서로 배웠고 함께 발전했어요. 제가 서너 번의 이직을 더 하는 동안 남편은 다니던 직장을 퇴사하고 처음 해 보는 장사에 도전했어요. 결혼 3년 차가 되자 우리의 소득은 결혼 전 소득의 세 배 이상으로 올라있었죠. 허리띠를 더 졸라맸어요. 티브이, 에어컨, 선풍기, 컴퓨터 등도 없이 살았어요. 당시 전기 요금이 5천 원도 채 안 나올 정도로 집에서는 잠만 잤죠. 신랑과 함께 번 소득으로 학자금 대출과 친정 빚까지 갚는 데 3년이 걸렸어요. 10여 년이 지나도 해결되지 않던 빚의 굴레에서 드디어 벗어났죠.

그렇게 돈을 아끼고, 더 벌려고 노력하던 사이에 불쑥 엄마가 되었어요. 결혼 4년 차에 찾아온 소중한 아이였죠. 하지만 기쁨도 잠시, 잦은 야근과 스트레스로 인해 아이는 유산될 위험이 있었어요. '돈을 벌어야 한다'는 굳은 의지를 꺾게 만들었죠. 동시에 어떻게든 '돈을 덜 써야 한다'는 각오도 물거품으로 만들었어요. 임산부의 여름은 얼음팩으로 버티기에 너무나 더웠고, 서러웠거든요. 한여름에 펑펑 울며 에어컨과 선풍기를 구매했을 정도로요.

그렇게 기다리던 아기였는데 아이가 살아갈 환경을 생각하니 어째 더 불안해졌어요. 소득은 절반이나 줄었고, 지출은 계속 늘어났으니까요. 다시 지옥의 문이 열릴까 두려워졌어요. 신이 있다면 지혜를 나눠 주시길 간절히 빌었죠.

결혼 전처럼 빚에 허덕이던 시절도 싫었지만 한 푼이라도 더 벌어보려 이직을 거듭하던 시간도 고역이었어요. 소득 없이 절약만을 외치던 임산부 시절은 더 비참했고요. 태어날 내 아이가 가난 속에 살지 않도록 해줄 지혜가 너무나 간절했어요.

출산을 할 때쯤 마음을 고쳐먹었어요. 일단 가장 잘할 수 있는 것을 하기로요. 그것은 바로 취업이었죠. 수많은 아르바이트를 해봤었기 때문에 취업만큼은 자신이 있었거든요. 아이를 낳고 삼 일째 날, 조리원에 짐을 풀고서 면접을 보러 갔어요.

취업을 하고 나서야 알았어요. 역시 재테크는 절약만을 외칠 것이 아니라는 사실을 몸소 깨달았죠. 소득이 없이 짠테크를 할 때와는 달리 마음이 한결 편안해졌거든요. 투자를 할 때도 평정심을 가지고 가치를 분별할 수 있었어요. 소득이 있어야 진짜 재테크를 할 수 있다는 사실을 깨닫는 귀한 경험을 했죠. 그리고 보다 효율적으로 돈을 벌고 쓰는 방법을 공부해 보고 싶어졌어요. 대책도 없이 무조건 '더 많이 벌고 안 쓰고 살자.'라고 할 것이 아니라 재테크도 공부를 해야겠다는 생각이 들었어요. 관련 책을 읽으며 내공을 쌓기 시작했어요.

유년 시절부터 노동으로 돈을 많이 벌어 집안을 일으키는 영웅을 꿈꿨었어요. 하지만 책을 읽을수록 꿈이 바뀌었죠. 책을 통해 노동소득보다 자본소득이 많은 사람을 꿈꾸게 되었어요. 더 나아가 부를 즐기고 건강과 행복이 가득한 가정에서 사는 나를 상상하게 했죠.

또한 책 속에는 장사의 신, 절약의 신, 투자의 신 등 수많은 신이 살고 있었어요. 저는 제 아이가 저와 같은 가난을 경험하지 않도록 신들의 지혜를 몽땅 내 것으로 만들 거라고 다짐했어요. 이와 동시에 신들의 신, 재테크의 신이 되어 그 지혜를 나누는 사람으로 성장하길 바라는 마음이 싹트기 시작했죠.

지금은 날마다 꿈을 꿔요. 매일 상상하고 마음을 먹죠. '나는 부자가 된다. 재테크의 신이 된다.'고 말이에요. 가난을 물려주게 될까 봐 두려워하는 엄마에서 부를 물려줄 당당한 엄마의 모습을 꿈꿔요.

저축과 투자는 세트다

아이를 위해 일하는 엄마, 성장하는 엄마가 되겠다고 다짐하면서 엄마로서의 삶이 시작됐어요. 2주간의 산후조리원 생활을 마치고 아이와 함께 돌아오는 길에는 면접 합격 통지서도 함께였죠. 그날로 처음 해보는 두 가지 일을 시작했어요. 하나는 육아요, 나머지는 '한국지식 재산 보호원 소속 위조상품 모니터링단' 업무였죠.

둘 다 잘 해낼 수 있을까? 걱정이 앞섰지만, 기우였어요. 일은 유축기를 싸 들고서 면접과 교육에 참여한 보람이 있을 만한 '꿀 보직'이었고, 신생아는 젖만 물리면 잠이 드는 순둥이였죠. 모든 것이 아주 수월했어요.

실제 업무는 정말 쉬웠어요. 30분이면 근무시간 5시간 동안 해야 할 업무를 다 할 정도로요. 덕분에 일에 대한 스트레스는 전혀 없었어요. 오히려 재택근무를 선택할 수 있어 아이를 눈앞에 두고 일을 하니 마음마저 편했죠. 무엇보다 오전 10시부터 3시까지(점심시간 1시간 포함) 5시간을 근무하고 100만 원 조금 안 되는 월급을 받았는데 이게 정말 뿌듯했어요. 풀타임 근무를 할 때 받는 급여의 절반도 안 되는 돈이었지만, 육아를 하면서 벌 수 있는 월급으로는 꽤 쏠쏠하다는 생각이 들었죠. 무엇보다 남편의 눈치를 보지 않고 쓸 수 있는 온전한 내 돈이라는 점이 가장 좋았어요. 진짜 내 돈이 생기니 마음먹은 대로 진짜 재테크를 공부할 방법을 고민하기 시작했어요.

재테크란 과연 뭘까요? 당시 저는 재테크를 돈을 많이 불리는 것으로만 생각했어요. 그래서 저축은 안전하게 돈을 보관하는 방법 중 하나일 뿐, 재테크가 아니라 생각했죠. 2배, 3배 고수익을 내는 투자야말로 진짜 재테크라 여겼어요.

'그래, 투자를 해야겠다!'

남편이 벌어오는 돈으로는 차마 잃어버릴까 두려워서 할 수 없었던 투자였어요. "왜 잃어버렸어?" 하고 아무도 탓하지 못할 진짜 내 소득이라고 생각하니 평소에는 없던 배짱이 생기더라고요. 당장 주식계좌를 만들고 1만 원 이하의 주식 중 '서울옥션' 주식을 1주 매수했어요. 초심자의 운이었는지 '아트 테크'라는 용어가 유행하면서 1주에 5,000~6,000원 하던 것이 오르락내리락하며 금세 1만 원이 되었어요. 이익이 커질수록 투자 배짱도 두둑해졌죠. 그리고는 진즉 저축이 아니라 주식투자를 해야 했다며 저축통장 잔액을 점점 줄이다 못해 비워버렸답니다.

어느새 월급의 100%를 투자에 털어 넣는 투기꾼이 되어 가고 있었어요. 아무런 공부 없이 최소한의 정보와 느낌으로 주식 종목을 선별하기 일쑤였죠. 그러다 조금씩 유튜브나 TV 주식 채널, 카카오톡 단체 방에서 주식 종목 추천을 받기 시작했어요. 검토 없이 돈을 넣긴 마찬가지였지만요.

잘 알지도 못하는 그림이나 가상화폐를 사기도 했어요. 원금을 찾을 수 없을지도 모른다는 P2P 상품에도 가입했고요. 돈을 크게 불릴 수 있는 것이라면 어떤 것이라도 시도했어요.

자산 포트폴리오는 100% 투자로 월 수익률이 10% 이상인 상품들로만 구성되었죠. 누가 보아도 초고소득을 얻기 위한 초고위험 상태였어요. 친구들은 도박이라며 고개를 내저었어요. 친구들에게 투기가 아닌 투자를 하고 있음을 증명하기 위해서라도 투자 공부를 시작해야 했어요. 공부하면 할수록 투자의 세계는 넓고 깊었죠. 세상에 투자 가능한 상품은 수도 없이 많았고, 무엇부터 공부를 시작해야 할지 가늠하기도 어려웠어요. 아찔하긴 했지만, 이것만큼은 알 수 있었어요. 직접투자는 나의 투자 성향을 알아채고 투자 기준을 세우는 가장 빠른 방법이라는 것이에요.

저는 투자를 할 때 유명하거나 대체 불가능하거나 평소 내가 좋아하는 것에 투자하고 싶어 한다는 것을 깨달았어요. 평소 그림 전시를 좋아해 그림경매 회사인 '서울옥션' 주식을 샀던 것이었고, 어떤 코인과도 대체할 수 없는 비트 코인에 투자를 했던 것이었죠. 또 수많은 P2P 사이트 중에서는 가장 많은 사람이 사용하고 신한은행에서 보증해 더 유명해진 어니스트 펀드를 이용했어요.

위험을 감수한 만큼 크게 돌아올 것이라 여긴 불로소득은 여러 가지 이유로 찾을 수 없었어요. P2P 상품은 담보였던 건물분양이 제때 이뤄지지 않아 원금조차 찾기 어려워졌고, 가상화폐는 무섭게 떨어져 하루아침에 원금이 반 토막 났어요. 시간이 지날수록 첫 투자 시 2배, 3배 수익이 났던 건 정말 운이 좋았던 것임을 자연스레 깨닫게 되었죠.

투자의 천재라 불리는 워런 버핏과 레이 달리오의 연평균 투자 수익률이 20% 내외라는 것을 알게 되었을 때는 정신이 번쩍 들었어요. 내가 기대하는 투자 수익률이 정상적이지 않음을 그제야 크게 깨달았기 때문이었죠.

믿었던 주식도 끝도 없이 떨어졌어요. 수익률이 -40%를 넘어갔어요. 이쯤 되자 어이가 없기도 하고 헛헛한 웃음이 나는 거 있죠? 처음 주식이 -15% 이상 떨어졌을 때에는 월급에 생활비 남은 돈까지 탈탈 털어 추가로 주식을 매수했어요. '다시 올라가겠지' 싶었거든요. -40% 이상 떨어졌을 때에는 유튜브 속 주식 전문가들을 찾아보았어요. 또 매경 컨센서스에서 주식동향 보고서를 내려받아 읽으면서 목표주가 변동이 없는지, 전문가들이 생각하는 반등 시점이 언제인지를 공부했어요. 그러고는 아이 앞으로 저축해둔 통장을 해지하고 또다시 추가 매수를 했어요. '여기가 바닥이야' 싶었거든요.

그렇게 소위 말하는 물타기를 했음에도 현재 - 70% 이상이 된 주식 수익률은 너무나 처참했어요. 더는 추격매수를 통해 매수 평균 단가를 낮출 수 없었죠. 꼴 보기 싫은 수익률도 물론이고요. 그동안 저축을 하질 않아 여윳돈이 전혀 없었던 것이 처음으로 후회되었어요. 마이너스 투자 수익률을 바라보며 저축의 중요성을 깨닫다니. 너무하다는 생각이 들었지만, 누굴 탓할 수도 없었죠. 내 선택의 결과임을 인정해야 하는 순간이었어요. 그제 야 깨달은 것이 하나 더 있어요. 진짜 재테크는 '저축과 투자'가 짝꿍처럼 함께해야 한다는 것이에요.

그렇다면 저축과 투자의 적정한 비율은 얼마일까요? 가장 합 리적인 비율은 '나이'만큼 저축하는 것이에요. 30세라면 월 소득 의 30%를 저축하고, 70%를 투자하면 좋고, 만약 60세라면 월 소득의 60%는 저축을 40%는 투자하는 것이 좋겠다는 생각이에 요. 나이가 들수록 저축 비율을 늘릴 수가 있고, 자연스럽게 안정 형 투자 포트폴리오가 만들어져 재테크 전문가들이 추천하는 방 법 중 하나이기도 하거든요.

저는 다시 정의했어요. 재테크란 '합리적인 저축과 투자'라고 요. 이 둘은 하나의 세트여야 한다는 점을 잊지 마세요. 저축이 빠지면 투자의 위험을 감수하기 어렵고, 투자가 빠지면 저축만으 로 물가 상승률을 따라잡기 힘들어요. 이후로 저는 재테크를 재 정의하고 저축을 다시 시작했어요. 해지했던 청약통장도 다시 가 입해서 만들었고, 두 개의 적금 상품도 가입었어요.

초보와 고수를 가려주는 질문이에요. 질문을 읽고 한 번 대답을 해보세요.

* 주식, 부동산과 같은 투자를 3년 이상 해 본 경험이 있으신가요?
* 1년 평균 투자 수익률을 계산했을 때 10% 이상이신가요?
* 투자하는 분야의 책을 5권 이상 읽었나요?
* 투자하는 분야에 대한 어떠한 질문에도 대답할 자신이 있나요?

'아니요'가 한 가지라도 있다면 투자 초보자일 가능성이 높아요. 위 질문에 모두 예가 나올 때까지 더 공부하고 노력해야 하세요. 고수가 되어 모든 자산을 투자해도 괜찮을 때까지 저축과 투자를 병행해야 한다는 점, 꼭 기억하세요. 투자 초보자에게 돈은 오히려 망하는 지름길이 될 수 있거든요.

모르면 배워서 아는 것이 재테크다

어느 날, 친정엄마로부터 연락이 왔어요. 허리 디스크가 터질 위험이 있어 더는 일을 할 수 없겠다는 이야기를 하셨죠. 그에 더해 집주인이 집을 비워달라고 했다며 어떻게 해야 하나 막막하다는 이야기를 하셨어요.

제 유년 시절 기억에는 '우리 집'이 없어요. 아주 어렸을 때는 할아버지 명의의 상가건물에 독서실이 있었는데 같은 층 구석에 사무실을 겸하여 살았던 것 같아요. 8살 이후로는 가세가 기울면서 이사를 11번 이상 다니며 살았어요. 자가에서 전세로 전세에서 반전세로 반전세에서 월세로. 20대의 대부분은 지하 단칸방에서 4인 가족이 부둥키며 살았죠. 그곳에서 벗어나고 싶어서 서른이 되자마자 신랑을 소개받아 빠르게 결혼했어요.

신랑과 결혼을 결심한 이유에는 '집'이 있었어요. 모아둔 돈은커녕 학자금 대출 빚만 있다 말하는 내게 남편은 우리가 살 집을 보여줬거든요. 이 사람과 결혼만 하면 일단은 거주의 불안함에서 해방될 것 같았어요. 하지만 왜인지 현실은 여전히 내 집이 없는 것 마냥 불안했어요. 그 이유를 엄마의 전화를 받고서야 알았죠. '친정식구들이 월세살이를 지속하는 한 나는 이 불안함을 떨쳐낼 수 없겠다' 싶었어요. 정신을 차리고 보니 그동안 주식, 그림, P2P 등 여러 투자를 통해 얻은 이익이 친정식구들이 매달 내는 집세보다 못하다는 사실이 눈에 들어왔죠. 곧장 첫째 딸을 둘러업고 부동산으로 향했어요.

"내 집 마련 방법을 알려 주세요."

당연하게도 부동산 사장님들의 반응은 냉랭했어요. 가진 돈이 얼마인지 물었고 난색을 보였죠. 저는 그 옆 부동산, 옆에 옆 부동산으로 발걸음을 옮겨가며 100여 명의 부동산 사장님들을 만났어요. 하나부터 열까지 자세히 알려주는 사장님은 없었지만, 그렇다고 질문에 대답을 안 해주는 사장님도 없었어요.

부동산 사장님들의 말에는 답이 없는 것 같았지만 수수께끼를 풀 듯 방법을 찾아냈어요.

"그 돈으로는 이 동네 지하 방도 못 사. LH 전세나 임대주택 알아봐~!"

그러면 유모차를 끌고 1시간 남짓 걸어 옆 동네 부동산에 방문해 내 집 마련 방법을 물었어요.

"여기도 마찬가지야. 차라리 분양권을 사면 모를까."

다시 지하철로 1시간 이내에 도착할 수 있는 모델하우스를 몽땅 검색했어요. 그 후 방문 예약을 잡아 담당자에게 분양받는 방법을 물었고 청약에 대해 배웠어요.

그러던 중 드디어 귀인을 만났어요. 여동생과 남동생, 어머니까지 온 식구를 데리고 부동산을 운영하시는 아주머니였죠. 친정 식구들이 살 집을 찾는다며 아이를 안고 방문한 모습에 기특하다며 같이 방법을 찾아보자 말씀해 주셨어요. 아주머니가 알려주신 내 집 마련 첫 번째 방법은 식구들의 돈을 한곳에 모으는 것이었어요.

집에 돌아오자마자 실비보험만 남기고 온 가족 보험을 모두 해지했죠. 그리고 퇴직 전 꺼내 써서 조금 남은 엄마의 퇴직금과 버스 운전을 시작한 동생의 월급과 내 월급까지 한데 모았어요. 신랑은 오랜 기간 부어 온 청약통장을 해지해 보태주었죠. 그렇게 겨우 3천오백만 원 정도를 모았고, 모두 모여 아주머니를 다시 찾아갔어요.

아주머니는 우리가 가져온 돈으로 살 수 있을 법한 집부터 사지 못할 집까지 여러 집을 보여주셨는데 공통점이 있었어요. 모두 '싸게 나온 빌라'였죠. 아주머니가 알려준 두 번째 방법은 "시세보다 싸게 나온 빌라를 사자."는 것이었어요. 두 번에 걸쳐 열몇 개의 빌라를 보여주셨어요. 빨간 벽돌로 지어진 빌라는 1900년대 지어진 빌라이고, 하얀 벽돌로 지어진 빌라는 2000년 대 지어진 빌라라서 하얀 벽돌 빌라가 누수 없이 난방 잘되고 살기 좋다는 점, 서향집은 해가 들지 않는다는 점, 대지 지분이 많은 빌라가 보상을 많이 받을 수 있다는 점 등도 설명해 주셨어요.

당시 식구들과 저는 그저 저렴한 가격에 집을 마련할 수 있다는 희망에 부풀어 아주머니가 보여주시는 집 중 가장 마음에 드는 집을 고르기 바빴어요. 심지어 동생은 같은 돈이면 아파트 전세를 살아보고 싶다고도 해서 전세 물건도 보았어요. 지금 생각하면 가슴이 철렁해요. 동생을 설득해서 우여곡절 끝에 드디어 우리 집을 마련했어요. 집 담보대출 신청을 위해 직장에 다니는 동생 명의로요.

이날을 계기로 정말 많은 것이 변했어요. 특히 제게는 부동산을 재테크로 바라보게 되는 가장 큰 계기가 되었죠. 말로만 듣던 두 가지 사실을 경험했거든요. 하나는 싸게 사서 인테리어 후 집값을 올려서 팔 수 있다는 것이었고, 다른 하나는 집값이 내려갈 확률보다 투자 원금 회수까지 2년이 채 걸리지 않을 확률이 높다는 것이었어요.

전 더 적극적으로 더 먼 지역까지 부동산을 찾아다니기 시작했어요. 때로는 모델하우스를 방문했고 조합원 아파트 분양 홍보관을 방문하기도 했죠. 수많은 사람을 만났고 모르는 것들을 전부 물어보았어요. 어디서 수업을 듣진 않았지만 모르는 것, 알쏭달쏭한 것을 계속 묻다 보니 조합원 아파트 분양 절차를 이해할 수 있게 되었고, 상가 초 치기 청약이나 민간임대 아파트 청약 등 청약의 종류에 대해 친구들에게 설명하는 것도 어려움이 없게 되었죠. 삼십여 년을 살며 전혀 몰랐던 부동산 재테크를 사람을 통해 배운 거예요.

그리고 어느 순간, 우리 집을 마련해 준 부동산 아주머니의 장점을 깨닫게 되었어요. 그 아주머니는 대출이 비교적 잘 나오는 부동산이 빌라라는 것을 알았고, 그 빌라가 시세보다 싼지 비싼지를 비교할 줄 아는 눈을 갖고 계셨더라고요. 제게도 그와 비슷하게 이 아파트가 싼지 비싼지를 가릴만한 기준이 생기면서 알 수 있었어요. 부동산이야말로 거인의 어깨에 올라타는 재테크 방법 중 하나라는 사실을요. 지금도 임장을 다니며 질문하고 배운 것을 실천하며 부동산 재테크에 발을 붙이며 살아요. 더 질문을 잘하는 방법을 연구하며 말이에요.

친정집을 마련한 그해를 시작으로 2년간 총 8개의 부동산을 매수했어요. 아파트와 상가, 오피스텔 다양한 부동산을 계약하면서 부동산 재테크 노하우는 듣는 배움에 있음을 깨달았죠. 다른 사람들의 성공 경험을 듣고 따라 하려 애쓰는 과정에서 재테크 성공 확률이 높아짐을 알았거든요. 비단 부동산에만 적용할 것은 아니었어요. 주식, 비트 코인, 그림 투자도 새로 시작했는데 이 또한 머니쇼, 투자박람회장 등을 다니며 여러 사람의 재테크 성공 경험을 듣고 따라 하며 배워서 했거든요. 막연하게 돈을 불리는 것이 재테크라 여겼던 과거와는 다르게 이제는 배우면 누구나 할 수 있는 것이 재테크라는 것을 알게 된 것이죠. 결국, 진정한 재테크란 '앎을 통한 성장'인 거예요.

살면서 한 번쯤 돈 때문에 벽에 부딪히는 순간이 있을 거에요. 그때 이것을 기억했으면 좋겠어요. 벽은 우리가 얼마나 간절히 그것을 원하는지를 확인하는 관문일 뿐이라는 사실을요. 간절한 사람은 배움을 통해 그 벽을 언제든지 허물 수 있어요.

네 번째 이야기.

마음만 있으면 원더우먼이 된다

"제가 육아도 일도 재테크도 다 잘할 수 있을까요?"

"아니요, 못하시겠는데요. 이미 못 할 거로 생각하고 계시잖아요."

즐겨듣는 김유라 작가님 라이브 방송에서의 일이에요. 근래의 고민을 털어놓았다가 머리를 한 대 콩 쥐어 박힌 듯한 현명한 대답을 들었어요. 한마디로 속을 꿰뚫렸죠. 저도 모르는 사이에 마음 한쪽에 자리 잡은 부정적인 생각을 콕 집어주시니 조금은 얼굴이 붉어졌어요.

'마음먹은 대로 산다'는 말은 진리에요. 돌이켜 생각하니 마음을 먹는 것에서부터 시작하지 않은 일이 없어요. 육아도, 일도, 재테크도 다 잘하고 싶다면 가장 먼저 마음을 고쳐먹을 필요가 있어요. 내 마음이 무엇 하나 포기하지 않도록 단단히 다시 머리에 되새겨야 해요. 그리고 일단 마음을 먹어야 하죠. "나는 육아도, 일도, 재테크도 모두 잘할 수 있다!" 하고 말이에요. 그러고 나서, 일상을 가만히 떠올려보세요.

'모두 잘할 수 있는 방법이 있을까?'
'내가 셋 다 못할 것으로 생각한 이유는 뭐였지?'
떠오르는 생각의 꼬리를 물고 방법을 찾아보는 거예요. 당시 저는 3시간 간격으로 모유 수유를 하고 있었고, 젖병을 닦고 아이를 돌보며 재택근무를 했어요. 재택근무가 끝난 오후 3시부터는 아이를 안고 반찬거리를 산다는 핑계로 밖으로 나가 부동산에 들렀고요. 밖에 나가기 힘든 날이면 온라인 속 재테크 노하우들을 찾아 읽었어요.

일상을 머릿속으로 그려보며 질문에 대한 대답을 해보았죠. 스스로 모두 잘할 수 없다 생각한 이유를 찾기 위해서요. 저는 이 방법을 통해 가장 중요한 사실을 깨달았어요. 읽고 배운 다른 사람들의 재테크 성공 방법들을 '따라 해 볼 시간'이 필요하다는 것을요.

'시간을 어떻게 만들지?'로 고민을 이어갔어요.

제일 먼저 생각한 방법은 남편에게 도움을 요청하는 것이었어요. 남편은 첫째 아이 출산과 함께 회사를 그만둔 후 이미 많은 집안일을 돕고 있었어요. 아침에 밥을 하고 세탁기와 건조기를 돌리고 음식물 쓰레기를 버리는 것은 모두 남편이 해주었죠. 집안일이 아닌 다른 이유가 필요했어요. 저는 육아를 같이 해야 한다는 핑계를 들이밀었어요. 그러고는 젖병 설거지와 주말 중 하루 독박 육아를 요청했어요. 이때 중요한 건 남편의 의사를 묻는 것이 아니라 요청을 해야 한다는 점이에요. 들어주면 좋고, 안들어줘도 상관없는 일인 듯 물어보는 느낌이 강하면 설득에 실패할 확률이 높거든요. 제가 남편에게 한 요청은 당신이 꼭 해줘야만 한다는 반강제적인 요청이었어요.

대신 저는 그 시간을 활용해 무엇을 할 것인지에 대해 이야기해 주었죠. 그리고 당신이 도와줌으로써 나의 재테크 공부가 탁상공론으로 끝나지 않고 발전하기를 바라는 마음도 표현했어요. 비단 이것이 나의 성장뿐만 아니라 우리 가족의 성장에 어떤 효과가 있는지도 충분히 설명했죠. 결국 설득하는 데 성공했어요. 저는 1년 안에 '집에서 수입을 창출하는 엄마'로 성장하겠다고 약속했어요. 그날부터 신랑은 매일 젖병을 씻고 소독해 주었죠. 그 시간에 저는 매일 30분 내외의 짧은 강의를 들었어요. 주말 중 하루는 신랑이 홀로 아이를 봐주었고, 저는 유축기를 들고서 컴퓨터 앞에 앉았죠.

제일 처음 수강한 강의는 유튜버 신사임당의 〈스마트 스토어〉였어요. 짧은 강의지만 실천해야 할 것이 많은 강의였죠. 저는 강의를 들으면서 배운 내용을 즉시 실천했어요. 좀 더 긴 시간이 필요한 부분은 주말에 모아서 처리했죠.

판매할 상품 카테고리와 유입할 키워드를 선정하고 생산자와의 연락까지 30분이 채 걸리지 않았어요. 스마트 스토어를 오픈하는 것도 하루면 충분했죠. 그렇게 저는 제가 가장 자주 사 먹는 사과를 판매하기 시작했어요.

매출은 저조했어요. 저는 생산자 직접 배송 콘셉트로 사과 생산자와 소비자를 연결하는 판매자로 매출을 일으킬 수 있다고 생각했거든요. 가장 중요한 배송까지 담당하는 생산자를 찾기가 어려웠어요. 게다가 저는 부사, 홍로, 엔비 등 다양한 사과 품종이 있다는 사실과 제각각인 수확 시기를 고려하지 않고 판매를 시작해 판매 사이트 운영에도 어려움을 겪었어요. 주문이 와서 생산자에게 연락하면 품절일 때가 많았고, 수확 시기가 지나 냉장 보관 중이던 사과가 배송되어 울며 겨자 먹기로 환불을 해 줘야 했던 적도 있어요.

저는 겉으로는 생산자와 소비자를 연결하는 중간 판매자가 된 듯했지만 속은 여전히 100% 소비자였어요. 생산부터 저장, 배송 과정을 알아야 진짜 판매자가 될 수 있었죠. 사과를 좋아하고 자주 먹는 것만으로는 부족해요. 적어도 한 번은 간접적으로나 직접 생산을 해본 제품을 팔아야 잘 팔 수 있다는 사실을 알았어요.

'내가 생산자가 되어야 한다.'

이것을 깨달았을 때 둘째를 임신했어요. 그때 아쉬운 마음을 뒤로하고 스마트 스토어를 접었죠. 1살, 2살 연년생 아이들을 데리고 하기에는 무리라는 생각이 들었고, 무엇보다 직접 생산자가 되어야겠다는 마음이 컸어요.

불러오는 배만큼 마음이 조급해졌지만 일단 다시 생각해 보기로 했어요. '집에서 수입을 창출하는 엄마'가 되기로 한 약속을 지킬 방법을요.

얼마 지나지 않아 두 번째 강의를 신청했어요. 〈돈만 보고 하는 유튜브〉였어요. 유튜버는 관심사를 영상으로 만들어 유통하는 생산자 그 자체라는 생각이 들었거든요. 내 주요 관심사인 육아와 재테크 이야기를 생산하는 사람이 되고 싶었어요. 강의를 들으며 '머니 스터디'라는 채널을 만들고, 대본을 작성해 노트북으로 녹화한 영상을 올리는 데는 2주가 걸렸죠. 하루 만에 조회수가 100회, 200회를 넘어가면서 느낄 수 있었어요.

'나는 유튜브로 집에서 수입을 창출하는 엄마로 성장할 수 있겠다.'

유튜브에 올릴 콘텐츠를 기획했어요. 키워드는 '육아 맘, 부업, 재택근무'로요. 2주에 한 번 영상을 올리는 경제 카테고리에 손꼽히는 여성 유튜버로 성장하겠다는 나름의 계획서도 작성했어요. 어느 날, 영상 자료를 수집하던 중에 '성남 여성창업 지원센터 입주기업 모집 공고'를 발견했어요. 마이크와 녹화 카메라가 있는 유튜브실을 제공한다는 내용이었죠. 앞서 만들어둔 계획서를 조금 수정하여 제출해 보기로 용기를 냈어요. 두드리면 문이 열린다죠? 결과는 운명처럼 합격이었어요.

입주기업에 선정되면서 더 많은 시간이 필요해졌어요. 센터에서 지시하는 교육을 수강해야 했고, 아이디어를 사업화하는 데 필요한 부분을 코칭 받아 성장시켜야 했거든요. 이번에는 남편이 아닌 다른 사람에게 도움을 청해보기로 했어요.

처음에는 '째깍 악어'와 같은 프리랜서 돌봄 선생님들에게 도움을 구했어요. 주로 주말에 아이를 부탁했고 실천할 하루를 더 벌었죠. 그러다 나라에서 운영하는 시간제 보육 사업과 맞벌이 가정 육아 도우미 지원 사업 등을 알게 되면서 필요한 만큼 자유롭게 아이를 맡기고 더 많은 시간을 벌 수 있었어요.

지금 저는 '집에서 수입을 창출하는 엄마'로 성장했어요. 명함도 많아졌죠. 예비 사업가이자 부동산 투자자이자 어린이 경제교육 강사이면서 교재와 그림책을 만드는 저자가 되었거든요. 적은 수입이지만 앞으로 성장할 방향이 명확해졌고, 그에 필요한 환경을 뱃속의 둘째와 순둥이 첫째와 함께 이뤄냈다는 사실에 자부심도 생겼어요. 마음을 먹으면 방법이 보인다는 사실을 직접 경험한 거예요. 그리고 그 방법을 실천하는 과정에서 엄마 유혜인은 더 잦은 성장, 더 큰 성장을 경험할 수 있었어요.

둘째가 태어났어요. 전 지금도 여전히 육아와 일과 재테크를 하고 있어요. 다만 하는 일이 집에서 어린이 경제교육 강의를 하는 강사로 바뀌었고, 재테크라고 생각해 시작한 부업이 사업이 되었어요. 혼자서 다니던 부동산은 첫째와 둘째를 안고 업고서 가곤 하죠. 더 많은 시간을 쪼개어 사용하려 노력하고 있어요. 같은 시간에 더 많은 일을 할 수 있다 마음먹었거든요. 이제는 빠른 실행력을 가진 엄마, 닥쳐진 일의 우선순위를 빠르게 파악하여 해결하는 엄마로 성장하고 싶어요. 여러분은 어떤 일을 하고 싶으신가요? 하고 싶은 일을 정했다면 당장 마음부터 고쳐먹어 보세요. '전부 할 수 있다!' 하고 말이에요. 그리고 실천하면 이룰 수 있어요.

한 권의 책에서 노하우 1개만 실천하자

"또 책을 샀어?"

이날은 한량처럼 책을 읽는 신랑이 아주 미워 보였어요. 연애 때부터 책을 꼭 들고 다니던 신랑이에요. '그때는 참 멋져 보였는데 지금은 왜 미워졌을까?' 하고 고민에 빠졌어요. 신랑은 호기심이 많고 관심 있는 분야도 다양한 사람이에요.

"이걸 이렇게 개발하면 어때? 잘 팔릴까?"

우리의 대화 중 절반은 아이디어 회의일 정도로요. 육아하기 전에는 저도 맞장구를 곧잘 쳐주었던 것 같아요. 또 제 관심을 끄는 이야기는 메모해 두었다가 실천해 보기도 하며 신랑과의 대화를 즐겼죠.

지금 우리는 결혼 7년 차에요. 여전히 신랑은 아이디어를 곧잘 내고 관심사에 따라 책을 읽어요. 가끔은 저자 강의도 듣고요. 최근 신랑이 사서 읽은 책들을 한데 모아봤어요. 《돈의 속성》, 《타이탄의 도구들》과 같은 자기 계발서 책부터 《돈 그릇을 키우는 6가지 방법》, 《인스타마켓으로 '돈 많은 언니'가 되었다》, 《내 인생의 터닝포인트 친절한 경매》와 같은 노하우 책까지 분야를 가리지 않더군요.

'도대체 뭘 하고 싶은 거야?'

새로운 일을 하고 싶어 하는 신랑의 마음을 헤아려 기다려주고 싶었어요. 음식 장사, 경매, 온라인 판매 중 한 분야를 결정하고 깊게 파고들길 바랐던 것 같아요. 지금 하는 장사도 《국가대표 트럭 장사꾼》 책을 읽고 감독님을 만나 시작했기 때문이에요. 책 읽는 신랑이 미워 보이던 그날, 저는 신랑에게 부족한 한 가지를 깨달았어요. 바로 실천이에요. 책을 읽고 실천을 해보지 못한 신랑은 몇 년째 같은 질문을 나에게 하고 있더라고요.

"애들이랑 영상 찍어서 유튜브를 하면 어떨까?"
"양말 공장에서 양말을 사다가 쿠팡에 팔아보면 어떨까?"

"조조 칼국수, 완미족발 체인점 어때?"

생각해 보니 책은 신랑이 읽고, 실천은 제가 해왔던 것이 많았던 거예요. 신랑이 경매 책을 읽으면 저는 네이버 부동산 페이지에서 경매 물건을 찾았고, 분석했고, 경매 낙찰을 도와주는 업체와 상담을 했어요. 신랑이 양말 판매를 이야기하면 구글에서 양말 공장 리스트를 찾거나 양말 도매 사이트를 통해 가져올 수 있는 가격을 알아보았죠. 그때그때 실천한 것들이 쌓여 저는 이미 스마트 스토어와 쿠팡, 유튜브 채널을 가지고 있는 사업자가 되어 있더라고요. 라이브 커머스, 경매, 아파트 갭 투자를 해본 경험도 쌓였어요. 이날 신랑은 《인스타마켓으로 '돈 많은 언니'가 되었다》라는 책을 읽고 싶다고 했어요. 이번에는 그냥 허락해 주기 싫었죠.

"제발 읽지만 말고 뭐라도 실천을 해봐."
결국 쓴소리를 뱉었어요.
실천 없이 책을 읽었다고 말할 수 있나요? 직접 실천해 보았을 때 비로소 나의 실력이 되고 노하우로 발전시킬 수 있다고 생각해요. 혹은 내가 할 수 없는 일이라고 판단했다면, 과감하게 포기할 수도 있게 되죠. 실천 없이는 남의 이야기를 읽었을 뿐, 자신의 이야기가 될 수 없음을 반드시 기억해야 해요. 그래야 적어도 같은 질문을 떠올리지 않기 때문이에요. 저는 제가 실천하면서 느낀 것들을 신랑에게 말해주었어요.

"유튜브는 영상 대본을 작성하고 편집, 업로드하는 데 10시간 이상 걸렸어. 주 1회 업로드는 못 하겠더라."

"스마트 스토어, 쿠팡 상품 등록은 무척 쉬워. 노출이 잘 되는 것이 중요한데 상품 사진을 잘 찍는 방법이나 키워드 마케팅을 배워서 해보는 건 어때?"

"경매 권리 분석에 자신이 없을 때는 경매 전문 부동산 사장님이나 지식인 전문가, 경매 단톡 방을 통해서도 의견을 들어 볼 수 있어."

"아무래도 말주변이 없어서 라이브 커머스같이 실시간 판매는 연습이 필요하겠어. 춤이나 노래로 시선을 끌면 좋겠더라."

매일 책 속 노하우 하나씩만 실천해 보았다면 어땠을까요? 신랑은 아마도 1년이면 365개의 노하우를 가진 사람으로 성장했을 거예요. 어쩌면 그보다 수 배로 성장했을지도 모르죠. 한 달에

한 권의 책을 읽을까 말까 했던 저조차도 자기 계발서를 읽고 실천하면서 삶의 큰 변화를 느꼈는걸요.

저는 최근 제대로 읽은 책이라곤 몇 권 없어요. 그중 하나가 육아를 하면서 독서를 해야겠다는 생각이 들었을 때 읽은 《아들 셋 엄마의 돈 되는 독서》라는 책이에요. 저는 저자가 들려주는 수많은 독서 이야기 중 '5분, 10분 책 읽기'를 즉시 실천했죠. 아이가 잠이 들었을 때, 수유할 때, 화장실 갈 때 등 짬짬이 독서를 시작했어요. 5분이 쌓여서 책 한 권을 읽어내는 놀라운 경험을 했어요. '이렇게도 책이 읽히는구나' 싶었던 저자의 노하우를 하나 배웠어요.

혹시 책을 읽다가 감탄한 부분이 있다면, 느낌에서 멈추지 말고 즉시 저자의 이야기를 내 것으로 만들어야 해요. 저는 이 책을 통해 알게 된 독서 방법을 실천하고 난 후, 지금껏 살면서 읽은 책보다 육아를 하는 동안 더 많은 책을 읽을 수 있었거든요. 아이들도 덩달아 책을 쌓아놓고 읽기 시작했어요.

내 집 마련으로 고민할 때는 《마트 대신 부동산 간다》라는 책을 읽었어요. 이 책의 제목 그대로 저는 아이를 둘러업고 주변 부동산에 매일 갔죠. 그 책에서 알려주는 질문을 그대로 따라 했어요. 여러 부동산 사장님들과 친해졌고, 지금은 같이 공부하는 부동산 사장님들도 생겼어요. 책 한 권으로 수많은 부동산 전문가들을 얻었어요.

　때로는 열 권의 비슷한 책을 읽는 것보다 한 번의 실천이 성장 속도를 올려요. 혹시 책을 읽을 시간이 부족하다면 오늘 만난 사람을 통해 알게 된 한 가지를 실천해 보는 것도 좋겠어요. 책은 곧 저자, 그 사람의 삶이기 때문이에요. 중요한 것은 행동하는 것! 행동하지 않는 자, 실패도 성공도 없어요.

온라인으로 최고의 스승을 만나자

온라인 속에는 여러 사람이 살아요. 그중에서 최고의 스승을 꼽으라면 사람들은 대개 한 분야의 정점을 찍은 사람들 또는 열반의 경지에 오른 유명한 사람들을 일컫는 경향이 있죠. 저 또한 그런 사람들을 제 인생 최고의 스승으로 생각한 적이 있어요. 하지만 이것이 정답이 아님을 이제는 알아요. 저의 최고 스승은 '지금 나의 고민을 가장 최근에 직접 해결한 사람'인 거죠.

저는 초등학생 때부터 집에서 피아노 과외를 받았어요. 당시 제 어머니는 "네 교육에 관한 것은 엄마가 달러 빚을 내서라도 최고로 좋은 걸 해줄게."라는 말을 지켰어요. 그 결과 어느 대학의 교수라는 분이 초등학생인 저의 뚱땅거리는 피아노 과외를 하러 오셨어요. 몇 년이 흘렀어요. 저는 고등학교 진학을 앞두고 피아노를 직업으로 삼을 것인지에 대해 진지하게 고민을 해야 했죠. 저는 조금 더 피아노를 배우고 싶다고 이야기했고 가정 형편에 따라 과외를 그만두고 피아노 학원에 다니기 시작했어요. 피아노 학원 선생님과의 첫 만남에서 제가 들은 말은 꽤 충격적이었어요.

"너는 손가락에 힘이 하나도 없구나. 기본도 안 되어 있어."

이럴 수가. 지난 8년간 과외를 받으며 손가락의 힘을 기르고 박자 감각을 익히는 기본서인 《하논》조차 제대로 연습한 적이 없었던 거예요. 피아노를 치는 시간 자체가 적었고, 피아노로 예술 고등학교에 간다거나 피아노와 관련한 직업을 갖겠다는 계획도 전혀 없었거든요. 그럼에도 굳이 더 배워보겠다 말한 이유를 들자면 가장 오랜 시간 배워온 것이기에 그 익숙함을 버리기 싫었던 것 같아요.

어찌 되었든 8년이라는 시간이 무색하게 저는 그저 계이름을 알고, 음표를 알고, 코드를 조금 아는 학생으로 자랐더라고요. 엄마가 최선을 다해 준비한 최고의 실력을 갖춘 선생님과의 시간을 그저 좋아하는 노래의 반주를 배우는 데 소비한 결과였죠.

학원 선생님이 보기에 저는 무엇보다 피아노를 배우는 명확한 목표가 없는 사람처럼 보였던 것 같아요. 학원 선생님은 우선 피아노 자격증과도 같은 급수증을 따는 것이 좋겠다며 시험 일정과 곡을 선정해 알려주셨어요. 그 후 그 곡을 쳐서 합격한 사람의 영상을 여러 차례 보여주셨고요. 날이 갈수록 목표가 분명해졌어요. 저의 노력의 양과 질도 변했죠. 지난 8년간 과외 수업을 준비하느라 연습한 양보다 훨씬 많은 양을 단기간에 쏟아부었어요. 수시로 곡을 들으며 비슷하게 표현해 보려 상상하는 시간도 더해졌어요. 그 해 저는 겨우 피아노 3급 급수증을 땄어요. 그제야 친구들에게 "피아노를 배웠다."라고 말할 수 있는 자신감도 생겼죠.

누가 제게 최고의 피아노 스승이 누구냐 묻는다면, 저는 당연코 피아노 학원 선생님을 꼽을 거예요. 피아노를 직업으로 삼을 수 있는 여러 길을 알려주셨기 때문이에요. 피아노를 업으로 삼는 길로 떠나기 전 수준을 객관적으로 평가해 첫 목표를 설정해 주셨기 때문이기도 해요. 비록 스스로 깨닫지 못했지만 학원 선생님을 통해 제 실력의 위치를 알았고, 나아갈 방향을 알았어요. 그제야 비로소 목표를 설정하고 달성하려 애쓰며 성장할 수 있었고요. 제게 최고의 피아노 스승은 영원히 피아노 학원 선생님일 것만 같았죠.

　나이가 들면서 제 생각은 바뀌었어요. 살면서 더는 피아노 학원 선생님과 같은 존재를 만날 수 없었기 때문이에요. 사실 누구보다 내가 나를 제일 잘 알더라고요. 점점 더 자신을 객관화하여 바라볼 줄 알았고, 내 실력의 위치와 나아갈 방향을 정하는 것에 익숙해졌어요. 자연스레 목표가 보였고, 실패와 성공을 밥 먹듯 했어요. 그러다 문득 이런 생각이 들었죠.

　그때 나의 최고의 피아노 스승은 피아노 학원 선생님이 아니라 나보다 한발 앞서 피아노 급수 시험에 합격한 영상 속 사람일지도 모르겠다는 생각이요. 제가 매일 보고 들으며 그토록 따라 하려 애쓴 그 사람 말이에요. 어쩌면 과외 선생님은 내가 스스로 나의 위치와 방향을 정할 수 있도록 매시간 질문을 던진 것일지도 모르겠다는 생각이 들었어요. 당시 나의 피아노 과외 선생님은 매 수업 시간마다 질문했어요.

“요즘 넌 무슨 곡을 좋아하니?”

“어떻게 연주하고 싶니?”

　그때마다 저는 우물쭈물 대답을 못하거나 평소 거리에서 자주 들리는 가요를 대답했던 것 같아요. 그때 조금이라도 내 마음의 소리에 귀를 기울였더라면 어땠을까요? 나를 알아야 목표를 정할 수 있어요. 제 목표를 정해야 스승을 찾을 수 있고요. 니보다 한발 앞서 목표를 달성한 사람이야말로 당신의 성장을 도와줄 최고의 스승이 되어줄 거예요.

등산을 할 때도 마찬가지예요. 저는 엄마와 종종 산행을 하곤 해요. 우리는 만나면 가장 먼저 "오늘은 어느 산에 오를까?"를 이야기하죠. 그리고 산행에 앞서 표지판을 보고 정상을 향해 빠르게 오를지, 약수터를 들려 물 한 잔을 마시고 내려올지 그날의 산행 코스를 정해요. 즉 목표를 정하는 거죠. 이때 준비되어야 할 것이 있는데 목표를 달성할 수 있을만한 체력과 시간이에요. 체력과 시간이 고려되지 못한 산행은 사고로 이어지거나 목표한 코스를 완주하지 못할 가능성이 높거든요. 우리는 컨디션에 최적화된 산행코스를 계획하고 산행을 시작하죠. 그러다 앞서 산행하는 사람을 만나기도 하고, 그 사람을 지나 먼저 목적지에 도착하기도 해요.

스승을 찾기 전에 반드시 먼저 되어야 할 것은 나를 알고 목표를 설정하는 거죠. 목표 설정은 현실적으로 달성 가능한 것이어야 해요. 자신을 객관화할 줄 알아야 목표를 명확하게 설정할 수 있고, 목표를 설정해야 스승을 찾을 수 있기 때문이에요. 나의 체력, 실력, 시간을 보다 객관적으로 바라보려 노력해 보세요. 그러면 더욱 분명하고 명확한 목표를 설정할 수 있을 거예요. 그리고 나서야 한 발 먼저 그 목표를 달성한 최고의 스승을 만나러 가는 산행을 시작할 수 있답니다.

어떤 위대한 업적을 가진 사람이나 이미 유명세를 가진 사람보다 나보다 한 발 먼저 가고 있는 사람을 찾아야 해요. 그 사람은 오프라인보다 온라인 속에서 더 찾기 쉬워요. 아마 당신이 찾는 스승은 이미 온라인 속에서 당신을 기다리고 있을지도 몰라요.

혹시 이제 막 어느 산에 오를지 정하기 위해 지도를 펼쳤다면 지금은 스승을 찾을 때가 아니라고 이야기해 주고 싶어요. 적어도 목적지를 정하고 산행을 시작한 사람만이 앞서서 걷는 사람이 있음을 느낄 수 있고, 보다 잰걸음으로 나아가 앞서 간 사람을 만날 수 있기 때문이죠. 목적지를 정하지 못한 사람은 출발하지 않은 사람과 다를 바 없거든요. 지금 당장 목표를 설정해보세요.

어떤 목표라도 좋아요. 물론 재테크에도 목표를 정해야겠죠. '1년에 천만 원 모으기, 10년에 10억 모으기, 65세 퇴직 전 50

억 모으기'와 같은 단기, 중기, 장기적 목표를 정해보는 거예요. 목표가 정해졌다면, 단기적인 목표부터 스승을 찾아보세요. 가장 최근에 그 목표를 달성한 온라인 속 스승을요. 그 사람이야말로 당신의 목표를 가장 빠르게 달성시켜줄 최고의 스승이 되어 줄 것이니까요. 부를 이뤄나가는 데 가장 빠른 지름길이 되어 줄 거예요.

STORY 3.재테크로 성장하는 엄마[유혜인]

매일 성장 일지를 기록하자

어제 무엇을 했는지 기억이 나시나요? 아마 반복적인 나날을 보내고 있었다면 어제 무엇을 했는지 쉽게 떠올리기 어려울 거에요. 반복적인 나날 속에서도 기억나는 것이 있다면 그것은 아마도 평소와는 달랐던 사건일 테죠. 제 생각에 인생은 평소와 다른 사건들이 모여 하나의 그림을 완성해가는 것 같아요. 사건이 한 번의 붓 칠이라 생각해 보세요. 그리고자 하는 그림에 알맞은 붓 칠이었는지, 다음은 어떤 색으로 덧칠해야 그림의 완성도를 높일 수 있을지 알려면 붓 칠마다 눈여겨볼 필요가 있겠죠. 마찬가지로 우리는 살면서 '평소와 다른 사건'을 기록하고 유심히 들여다 볼 필요가 있어요. 그래야 비로소 스스로의 의지가 담긴 인생이라는 작품을 멋지게 그려낼 수 있어요.

저는 두 아이의 엄마예요. 연년생으로 태어난 두 딸이 있는데 휴대폰 속에는 아이들 사진이 몇 장 없어요. 평소에도 사진 찍는 것을 좋아하지 않는 제 성향 탓도 컸지만 무엇보다 반복적인 일상 속에서 사진을 찍을 만한 사건을 찾지 못한 것이 컸어요. 매일 똑같이 밥을 먹고, 유축을 하고, 젖을 물리고, 트림을 시키고, 재우고를 반복하면서 변화를 느끼지 못했거든요. 아이들이 6시간 이상 잠을 자는 백일의 기적이 일어나고서야 '아이가 컸구나'를 알아챘어요.

비단 사진뿐만이 아니에요. 아이의 성장 변화를 기록하는 것에도 서툴렀죠. 영유아 검진을 받을 때의 일이에요. 의사선생님은 엄마인 제게 아이가 분유를 얼마나 먹는지 물었어요. 하루 총 양부터 몇 시간마다 먹이는지, 한 번에 얼마를 먹는지, 모유를 먹일 때에는 몇 분씩 먹이는지 등을 상세하게 물었죠. 저는 대답을 할 수 없었어요. 기록하지 않았기 때문에요. 아이가 울면 젖을 물렸고, 그래도 울면 기저귀를 보았고, 그래도 울면 열을 재보곤 했거든요. 즉시 반응하려 노력했던 것 같아요. 하지만 저의 노력은 아이의 성장을 돕기보다 당장 문제 해결에 집중되어 있었어요. 의사선생님은 단호하게 이야기하셨죠.

"일주일만 기록을 해보세요."

저는 그날로 당장 아이의 성장을 기록하기 시작했어요. 기저귀를 갈아주는 횟수부터, 분유량, 젖 물리는 시간 등 아이의 모든 성장을 메모장에 적었죠. 제가 잠을 잘 때에는 신랑이 적기도 했어요. 대변과 소변 횟수, 간식 횟수 등 기록하는 범위도 점점 넓어졌어요. 그리고 아이가 컨디션이 나쁜 날이면 제일 먼저 메모장을 들춰보았죠.

"아, 이틀째 대변을 못 봤구나. 유산균을 먹여야겠다."

"오늘 일찍 일어나서 벌써 800ml 이상 먹었구나. 좀 놀아 줘야겠다."

"기저귀를 갈아주는 횟수가 줄었네. 소변을 요즘 잘 안 보는데 왜 그렇지?"

메모장 하나로 말 못 하는 아이의 불편함을 미리 해결해 줄수 있었어요. 그 누구보다 빠르게 아이의 건강 상태를 알아챌 수 있었죠. 한 번은 아이가 요로 감염에 걸린 적이 있어요. 열이 나진 않았지만, 소변 기저귀 갈아주는 횟수가 줄어들고, 분유를 먹는 양도 조금씩 줄어드는 아이의 상태를 메모장 덕분에 빠르게 알아챌 수 있었죠. 당장 병원에 찾아갔고 아이는 장기 손상 없이, 긴 입원치료 없이 삼 일 만에 완쾌했어요.

기록은 아이의 건강한 성장을 돕는 큰 힘이 되었어요. 나아갈 방향을 빠르게 알려주는 길 안내 표지판이 되어주었죠. 비로소 기록의 중요성에 눈을 떴어요.

아이가 걷고 어린이집에 갈 나이가 되었어요. 예전과 달라진 저의 몸과 마음에도 성장 기록이 필요함을 느꼈어요. 무엇보다 두 번의 출산 과정에서 불어난 나의 몸무게를 기록하기로 다짐했죠. 매일 아침 몸무게를 기록하는 저의 모습에 신랑은 체중계를 하나 더 얻어다 주기도 했어요. 휴대폰에 자동으로 기록이 되는 체중계였죠. 불어난 몸무게와 마주하는 날이면 조금 덜먹으려 애쓸 수 있었고, 조금 줄어든 몸무게를 확인한 날이면 가벼운 마음으로 하루를 시작할 수 있었어요.

휴대폰 속에 기록되기 시작한 저의 몸무게는 '살을 빼겠다'는 목표를 잊지 않도록 해주었고, 느슨해질 수 있었던 의지도 매일 새로 다지게 해주었어요. 화장실 한 번 다녀오면 줄어들 것 같은 작은 변화였지만 1년간 차곡차곡 쌓이니 어느새 8kg 이상 빠진 내 모습과 마주할 수 있었죠. 아직 8kg를 더 빼야 출산 전 입던

55사이즈의 옷을 입을 수 있지만, 저는 이미 55사이즈의 옷을 입은 모습을 상상할 수 있어요. 기록을 통해 1년 동안 8kg를 뺐다는 사실을 알기에 1년 후 55사이즈를 입을 수 있겠다는 확신이 생겼거든요. 기록은 가까운 나의 미래를 명확하게 그려준다는 사실을 다시 한번 깨달았죠. 미리 캔버스에 스케치하는 기분이랄까요?

마음의 성장 기록은 글을 쓰는 것으로 대체했어요. 글은 많이 읽는 것만큼 직접 쓰는 것도 중요하다는 사실을 깨달았기 때문이에요. 그런 사실을 깨달은 후로는 매일 글을 쓰기 시작했어요. 한 챕터씩 쓸 때마다 주제에 알맞은 지난날을 돌이켜 떠올리고 그때 나의 마음이 어떠하였는지에 대해 썼죠. 그러다 보면 내 마음속 깊은 곳과 마주할 수 있게 돼요. 자주 만날수록 '앞으로는 이렇게 살아야지'하는 것들이 많아졌고 더 깊은 내면과 대화를 하는 것에 두려움이 없어졌어요.

이를테면 부모님의 다툼을 보면서 자란 세월을 떠올렸을 때에요. '정말 지긋지긋했다'에서 끝났을 마음은 '돈을 벌어야겠다'에서 '아이 앞에서 부부가 돈 때문에 다투는 모습을 보여주지 말아야지', '맞벌이를 하고 가계부로 남편과 소통해야겠다', '아이가 초등학생이 되기 전에 얼마를 벌어둬야겠다' 등으로 성장했죠. 과거를 떠올리며 쓰는 글 속에 앞으로의 나의 삶이 풍요로워질 방법이 고스란히 들어있음을 깨달았어요. 이러한 글쓰기 행위 자체가 마음의 성장 기록임을 느꼈죠.

다시 한번 물어볼게요. 어제 무엇을 했는지 기억이 나시나요? 아주 사소한 것이라도 평소와 다른 사건을 기록해 보세요. 삶의 기록을 통해 성장의 기회를 만들어 보세요. 기록은 할수록 더 많은 성장의 기회를 가져올 거예요. 미래를 그려나가는 힘이 되어 주고 보다 선명하게 미래를 그릴 수 있게 해줄 거예요.

우리는 다채롭고 멋진 그림을 그리는 화가에요. 우리가 그리는 그림은 '평소와는 다른 사건'들이 모여 다채로워지죠. 또 그 사건들은 기록을 통해 깊이가 생겨요. 무엇을 그릴지는 아무래도 좋아요. 다만, 자신이 그림을 그리는 화가라는 사실을 잊지 말아요. 당장 성장 기록을 적어 봐요!

해야 할 것과 끊어야 할 것

좋아하면서 잘하는 것,

좋아하지만 못하는 것,

싫어하지만 잘하는 것,

싫어도 하고 못하기도 한 것,

어떤 재능을 가장 먼저 키워야 할까요?

저는 위의 순서대로 키워야 한다고 생각해요. 무엇보다 행복한 삶의 바탕이 되는 조건은 '좋아하는 일'을 하며 사는 것이기 때문이에요. 여러분은 요즘 좋아하는 일을 하시나요? 그렇지 않다면 여러분이 좋아하는 일은 무엇인지 지금 당장 떠올려보세요.

저는 돈을 좋아해요. 더 정확히 말하면 돈을 버는 것을 좋아하죠. 그래서 성인이 되고부터 돈을 버는 것에 진심을 다했어요. 텔레마케팅부터 마트 행사 도우미, 학원 강사, 휴대폰 영업, 서빙, 햄버거 조리 등 안 해본 것이 없을 정도로요. 돈을 버는 일이라면 닥치는 대로 했어요. 그리고 동시에 돈을 더 많이 버는 방법을 연구했어요.

돈 버는 방법을 고민하면서 살다 보니, 금세 투잡, 쓰리잡을 가진 성인이 되었죠. 낮에는 휴대폰을 팔고 밤에는 학원 강사나 과외를 하고, 주말에는 마트 행사 도우미로 활동하고, 새벽에는 수학 문제 질의응답 일을 하며 보냈어요. 돈이 조금 쌓이니 은행 직원을 통해 펀드 추천을 받아 생애 첫 '차이나 펀드'에 투자를 해보기도 했죠. 일하지 않아도 돈이 불어나는 통장이 신기해 매일 통장정리를 하면서 투자에 눈을 떴어요. 펀드에서 주식으로 관심이 가는 건 자연스러웠죠. 현재는 부동산 투자도 하고 있어요.

좋아하는 일은 '진심'을 갖게 해줘요. 참되고 변하지 않는 진짜 마음 말이에요. 제가 돈을 버는 것을 좋아하는 마음은 진심이에요. 덕분에 10년 이상 돈을 더 버는 방법을 고민해 온 성인으로 성장할 수 있었어요.

돈을 버는 일에 진심이 아니었다면, 연봉을 올리기 위해 20

번이 넘는 이직을 하지 않았을 거예요. 시간을 쪼개고 이동시간을 아껴서 투 잡, 쓰리 잡을 하며 경력을 쌓지도 못했겠죠. 은행 직원에게 어떻게 하면 통장에 있는 돈이 돈을 벌까요? 질문하지 않았을 거예요. 좋아하는 일은 그것을 더욱 잘하는 방법을 매일 생각하게 해요. 방법을 생각하다 하다 결국 당신이 좋아하는 일을 잘하는 것 이상으로 즐길 수 있게 만들죠. 좋아하는 일에는 그런 힘이 있어요.

또한 좋아하는 일에는 실패를 딛고 일어설 힘이 있어요. 부동산 투자에 두 번 실패한 적이 있어요. 한 번은 조합원 아파트 분양권을 샀다가 3,000만 원을 손해 보고 매도했고, 다른 하나는 오피스텔 분양 사기를 당해 5,500만 원을 잃었어요. 눈뜨고 코베인 두 사건을 겪으면서 실패하지 않을 부동산 투자 방법을 공부하기 시작했죠.

연이은 두 번의 실패로 부동산으로 돈을 버는 것을 포기할 뻔했어요. 하지만 계속해서 공부했고 이후 8번의 투자를 더해 결국 실패를 만회했어요. 잃은 것의 몇 십 배에 달하는 큰돈을 벌었죠. 투자 자금 대비 2배에서 많게는 5배 이상의 이익을 얻었는데 성공 확률이 높아질수록 자신감도 생겼어요.

연이은 부동산 투자 실패에도 불구하고 부동산 투자자로 성장하길 포기하지 않을 수 있었던 이유는 돈을 버는 것을 좋아하는 '진심' 때문이었어요. 매년 KB국민은행에서 발행되는 부자 보고서를 보면, 우리나라 부자들의 절반 이상은 부동산으로 돈을 벌었다는 통계가 있어요. 전 세계 조 단위 부자 순위를 보아도 10위 안에 들어가는 부자 직업이 부동산업이라는 통계도 있죠. 저는 돈을 버는 것에 진심이었기 때문에 이런 통계자료들을 있는 그대로 믿을 수 있었어요. 친구들은 '다주택자 그거 너무 위험하지 않아?', '내 집 하나만 있으면 되지', '증여를 받았겠지', '부자는 아무나 되는 것이 아니야'라고 말렸음에도 변하지 않았어요. '부자들은 부동산으로 돈을 벌었다는 사실'을 받아들였죠. 그렇게 저는 부동산으로 돈을 버는 연구를 하는 것에 더욱 집중했고, 실패하더라도 포기하지 않을 수 있었어요.

한편 주변에 이런 친구가 있다면 반드시 끊어야 해요. 바로 싫어하는 일을 하는 친구들이에요. 비단 친구들만 이야기하는 것이 아니에요. 스스로도 한 번 물어보세요. '내가 지금 싫어하는 일을 하고 있는가?'하고 말이에요. 그렇다고 한다면 당장 그 일을 그만두세요.

사회에서 만난 친구가 하나 있어요. 이 친구는 스스로 인지하지 못하지만 싫어하는 일을 하는 것이 분명해 보였죠. 만나기만 하면 직장 상사부터 시작해서 회사와 업무, 하다못해 배우자에 이르기까지 불평을 쏟아냈어요. 그러다 보니 본업에 집중하지 못했고, 부업, 투자 등에 시간을 많이 뺏겼죠. 자연스레 본업의 실력 향상이 더뎠어요. 제일 중요한 건 실패를 겪었을 때 버텨내기 힘들어했죠. '이럴 줄 알았다'로 시작하는 거예요. 일도, 가정도, 부정적인 피드백으로 가득한 삶을 살게 되었죠. 스스로 만든 지옥에 사는 거예요. 이런 친구는 이와 비슷한 말을 많이 하는 것 같아요. '난 할 수 없다', '내 팔자다', '모르겠다' 하지만 '불만은 많다'로 돌아오는 도돌이표 대화 말이에요. 지켜보는 것도 정말 안타까워요.

혹시 여러분이 이런 부정적인 말과 행동을 하고 있진 않으신가요? 만약 싫어하는 일을 억지로 하고 있다면, 거기에 들인 시간과 감정을 도려내보세요. 싫어하는 일을 하면서 불평과 불만이 쌓이면 앞으로 나아갈 수 없거든요. 더욱이 이러한 상태로 시간이 지난다면, 이것 또한 습관이 되어 삶의 일부가 되어버릴지도 몰라요. 제자리걸음은커녕 당신을 점점 더 불행한 삶으로 이끌어갈 거예요.

요즘처럼 빠르게 변하는 세상에 가장 필요한 것은 삶을 좋아하는 것으로 채우는 거예요. 그래야 변화를 적극 맞이하고, 혁신적인 도전의식도 생길 수 있거든요. 무엇보다 스스로에게 성공과 실패를 다투지 않고 긍정적인 피드백을 줄 수 있어요.

진심으로 좋아하는 일이 무엇인지 생각해 보세요. 그래야 좋아하는 일을 잘할 방법을 찾아낼 수 있어요. 그 방법이 실패한 방법일지라도 긍정적인 피드백으로 계속해서 좋아하는 일을 밀고 나아간다면 당신은 행복한 삶을 영위할 준비를 마친 것이나 다름없죠.

당장 성과가 나오지 않더라도 포기하지 말고 좋아하는 일에 몰입하세요. 긍정적인 피드백을 쌓아 좋아하는 일을 잘할 수 있을 때까지, 더 나아가 즐길 수 있을 만큼 성장시켜보세요.

'이럴 줄 알았어'보다 '어떻게 하면 성공할 수 있을까?'를 연구해야 해요. 진심을 다해야 하죠. 그래야 성공 확률을 높일 수 있어요. 좋아하는 것을 먼저 찾아야 멀리 갈 수 있다는 점을 명심하세요. 좋아하는 것만 하기에도 부족한 삶이니까요.

대대손손 물려줄 가업은 집안일에서부터

가업이 뭘까요? 제 아버지는 TV 속 유명 음식점이 출현하면 가업에 대해 종종 이야기하시곤 했어요.

"저 봐, 할아버지의 자식에 손자에 며느리까지 함께하는 저 음식점처럼 가업이 있어야 해."

아버지에게 가업은 '장사'였어요. 목욕탕집 셋째 아들로 자란 아버지인데 말이에요. 목욕탕이 가업이 될 수는 없었을까요?

어렸을 적 저는 아버지의 말에 고개를 끄덕이며 '장사를 해야지' 다짐을 했어요. 당시 제게 장사란 어떤 상품을 판매하는 것이었고 저는 아르바이트로, 중고 거래로 수많은 물건을 판매해본 경험이 많았거든요. 특히 대학생 시절 휴학 후 1년 조금 안 된 기간 동안 1인 휴대폰 매장을 운영한 적이 있는데 여기서 큰 깨달음을 준 사건이 두 번이나 있었어요.

첫 번째는 '수도권 SK텔레콤 직영점 매출 1등 사건'이에요. 제가 운영하는 매장은 롯데백화점 가전 층 구석에 위치했어요. 사람들이 자주 오가는 에스컬레이터와는 거리가 멀어서 늘 한가한 곳이었죠. 휴대폰 매장 매출은 개통 숫자로 보고를 하는데, 하루에 1개의 휴대폰을 개통하면 그날은 운수 좋은 날이었어요. '어떻게 하면 사람들이 매장에 많이 찾아올까?'를 매일 연구했죠. 매장 근처에 배너를 세우고, 엘리베이터나 직원 휴게실에 전단을 붙였어요. 찾아오는 손님이 크게 늘지는 않았지만, '백화점에 휴대폰 매장이 있었어?' 하는 반응과 함께 관심을 얻을 수 있었죠.

저는 직접 고객이 많은 곳으로 이동해야겠다는 생각을 했어요. '어떻게 하면 사람들이 많은 곳으로 매장을 옮길 수 있을까?'를 고민했죠. 그리고 휴대폰 간이 판매대를 샀어요. 사람들이 많이 다니는 에스컬레이터 앞에 간이 판매대를 두고 휴대폰을 팔아야겠다고 생각했거든요. 곧장 가전 층을 담당하는 백화점 담당자님께 허락을 구했죠.

처음에는 혼자서 매장과 간이 판매대를 오가며 판매했어요.

간이 판매대에서는 간단한 상담을 했고, 관심이 있는 고객과 매장으로 함께 이동하여 계약서를 작성하는 식이었죠. 주말이 되자 간이 판매대는 인산인해가 되었어요. 잇따른 계약서 작성으로 간이 판매대로 돌아오기 어려웠던 저를 대신해 다른 매장 직원들이 휴대폰 매장 위치를 안내해 주었죠. 덩달아 직원들도 휴대폰 매장이 있었다는 사실을 알게 되었어요. 어수선했지만 20개가 넘는 개통 건수를 보고하며 큰 보람을 느꼈어요. 그 후 주말 아르바이트생도 따로 뽑아 운영하기 시작했죠.

한두 달이 지나자 'SK텔레콤 수도권 매장 매출 1등'이라며 인센티브를 받았어요. 당시 한 달간 개통한 휴대폰이 300건이 넘었죠. 하루에 10~15건 이상 개통을 했던 거예요. 고객이 나를 찾아오도록 하는 것보다 내가 고객을 찾아 나서는 것이 중요함을 배웠어요. 고객의 입장에서 생각해 보면 사실 쉬운 답이었죠. 판매자가 자신을 찾아오는 것만큼 편리한 거래 방법이 또 있을까요. 고객의 입장에서 생각하라는 말을 직접 경험할 수 있었어요.

두 번째는 '롯데백화점 미소 퀸 선정 사건'이에요. 휴대폰 간이 판매대를 엘리베이터 앞에 두면서 직원들 사이에서 말이 많았어요. 그 공간을 독점한다는 이유에서요. 결국 매장마다 돌아가면서 간이 판매대를 놓고 판매하기로 결정이 내려졌어요. 저는 다시 한번 고객을 찾아가기로 결심했어요. 직원 식당가로요. 직원들이 점심 먹을 시간에 맞춰 간이 판매대를 끌고 직원 식당가로 향했어요. 저렴하고 성능이 좋은 휴대폰을 선별해서 가져갔죠. 점심시간을 활용해 물건을 구입하는 것이어서 최대한 빠르게 선택을 할 수 있도록 합리적인 제품으로 선택의 폭을 줄여드리고 싶었거든요.

또한 '공짜라고 해놓고서 나중에 요금 많이 나오는 거 아니야?'라고 의심하거나 '그래서 한 달에 얼마가 나온다는 거야?' 계산을 요구하는 분들을 위해 3줄짜리 간단 계약서를 별도로 만들어 드렸어요. 할부 기간, 할부금, 한 달 뒤 나올 금액을 위주로 정확하게 명시한 간단 계약서에 저의 서명을 적어 드렸죠.

자잘한 글씨로 여러 내용이 적힌 본 계약서보다도 소중하게 간단 계약서를 챙겨 가시는 것을 보면서 알 수 있었어요. '고객이 궁금해하는 부분은 이것이구나!' 했죠. 결과는 말하지 않아도 예상되시죠? 백화점에 아르바이트하러 온 임시 직원부터 매장을 운영하는 정규직원들까지 대부분의 40~50대 여성 직원들은 순식간에 저의 고객으로 변했어요.

이들은 결혼을 한 분들이 많아 남편과 아이들의 휴대폰까지 저를 통해 개통하기 시작했죠. 직원들 사이에서도 저는 꽤 유명한 사람이 되었어요. 휴대폰 개통에 관한 절차와 요금에 대한 것들을 이해하기 쉽게, 친절하게 알려준다는 것이 이유였죠. 그해 저는 롯데백화점 구리점 미소 퀸으로 선정되어 건물 곳곳에 사진이 걸렸어요.

"타인에 대한 배려는 푼돈을 투자해 목돈으로 돌려받는 것이다."라는 말이 있어요. 누가 말했는지는 잘 모르겠어요. 다만, 제 경험에서 분명 알 수 있었죠. 고객을 편리하게 해주려는 마음, 배려하는 마음에서 시작한 행동들이 매출 1등 매장으로 만들어주었고, 미소 퀸으로 만들어주었거든요.

다시 한번 생각해 보세요. 우리는 무엇을 대대손손 물려줘야 할까요? 잘 되는 장사라면 무조건 대대손손 물려줘야 할 직업일까요? 아니에요. 무슨 장사를 하든지 간에 고객을 생각하는 마음, 즉 '배려하는 마음'이 있어야 대대손손 이어갈 장사를 할 수 있는 거예요. 중요한 것은 마음인 거죠.

배려하는 마음은 집안일에서부터 기를 수 있어요. 엄마를 배려하고, 아내를 배려하고, 남편과 아이들을 배려하는 거예요. "내가 도와줄게." 이 한마디면 돼요. 도와주려는 마음이 곧 배려하는 마음이거든요. 도와주고 보살펴주려는 마음에서 배려가 시작되죠. 사람인(人)이라는 글자도 서로 돕고 기대어 사는 모양이라고 하잖아요. 그렇다고 스스로 할 수 있는 것들 혹은 스스로 해야 하는 것들까지 배려할 필요는 없어요. 시의적절하고, 정도가 알맞아야 하죠.

"남편, 우편물 배송 내가 도와줄게."
"부인, 반찬 만들 시간 없을 것 같아서 맛있는 떡갈비를 사왔지."
아이들도 우리 부부 보며, 자연스럽게 배워요.
"엄마 내가 도와줄게! 내가, 내가! 내가 빨래 정리했어!"
엄마가 불 앞에 서자 "엄마 내가 숟가락 놓을래." 해요.

어떤가요? 배려하는 마음이 집안일을 나눠서 할 수 있도록 만들어주지요. 시간을 벌 수 있게 해주고 나아가 돈으로 환산할 수 있게 만들어요. 저는 아이들에게 '배려하는 마음'을 가업으로 물려줄 거예요. 소소한 일상이 업적으로 쌓이도록 말이에요. 행복이 쌓이고 시간이 쌓이고 마침내 돈도 쌓일 것임을 알기 때문이에요.

가정에서 행복한 아이가 사회에서도 긍정적인 역할을 도맡을 것이라 감히 확신해요. 대대손손 물려줄 가업으로 '배려하는 마음'을 물려주세요. 그리고 집안일에서부터 그 마음의 업적을 쌓아주세요. 온 가족에게 무엇과도 바꿀 수 없는 재산이 될 거예요.

STORY 4.

자신의 '행복찾기'로 성장하는 엄마

[정하연]

딩크족에서 부모가 되기로 결심하다

"사람이 언제 바뀌는지 알아? 죽을 때. 사람은 절대 안 변해."

저는 이 말을 철석같이 믿었어요. 겉으론 아닌 척했지만 인간마다 고유한 한계점이 있다고 생각했죠. '가만 보자. 곱씹어 보니 날 언제 봤다고? 참나. 나에 대해 뭘 안다고? 그 말 역시 그들의 살아온 결과였을 뿐 길고 짧은 건 대봐야 알지? 변하는지 변하지 않는지 더 살아 보고 내가 증명해 보이겠어!'라고 생각만 하면서 말이죠.

저는 어린아이를 싫어했어요. '내 몸 하나 책임지기 바쁜 세상에 아이를 낳는다고? 굳이 세상에 나 같은 게 하나 더 있어야 하나?' 꽃다운 아가씨 시절, 결혼 생각은 있었지만 아이 생각은 전혀 없었죠. 결혼을 하면 '딩크족(Double Income, No Kids)'이 되리라 다짐했고 주변 친구들도 대부분 그랬어요. 그렇게 아이 없이 지낼 줄 알았죠.

시간이 흘러 결혼이라는 걸 했어요. 사실 결혼은 제겐 도피처였어요. 그저 빨리 집을 떠나고 싶었죠. 저는 사람을 참 믿지 못했어요. 물론 나 자신도 포함해서요. 그러던 저에게 저를 믿어 주고 예뻐해 주는 사람이 생겼어요. 내 인생에 더 괜찮은 사람을 만날 리 없다고 생각했고 누구나 장점만 있을 수 없으니 이만하면 되었다, 괜찮다 여겼어요. 그는 아이를 갖고 싶어 했고, 저는 아이 생각이 없었던 것만 빼면 말이죠.

신혼 시절, 아이에 대해 묻는 그에게 매년 "내년에~."를 연발했어요. 솔직히 말하면 그는 먼저 아이 이야기를 꺼내진 않았어요. 도둑이 제발 저린다고 먼저 선수를 쳤죠. 신혼생활은 행복했어요. 안정적으로 들어오는 돈, 시간이 나면 훌쩍 떠나는 여행, 저녁이면 즐기는 술. 아~ 얼마 만에 맛보는 안정감일까? 청소년기 이후 처음이었어요.

그런 안정감도 잠시. 매일 늦는 남편 덕분에 저녁은 늘 두끼. 술도 점점 늘어갔어요. '신혼 때 다들 겪는 일 아닐까?' 자신을 위안하며 살다 보니, 와 어쩌니? 거울 앞에 나는 더 이상 예전의 내가 아니었어요. 아무렴 어때? 외모는 껍데기일 뿐 이렇게 즐거운데! 옷이야 뭐 그까짓 것 새로 사면 되지 큰 아쉬움은 없었어요. 동화처럼 '그렇게 두 사람은 행복하게 살았다고 합니다. 끝!' 하고 해피엔딩을 맞이할 수 있을 거라고 생각했습니다.

아주 평범한 어느 날 저녁, 갑자기 머리가 깨질 듯이 아파졌어요. 이런 고통은 처음이었죠. 호흡은 가빠 오고, 난생처음 병원 응급실이 머릿속을 스칩니다. 그 와중에도 휴대폰으로 재빠르게 초록창에 검색을 해보았어요. 마음이 급해서였을까요? 내가 원하는 유형의 질문은 보이지 않았고, 이렇게 시간만 지체할 수는 없어 우선 시동을 걸었어요. 발만 동동거리며 우선 편의점에 들러 타이레놀을 사서 먹었죠. 수분 이내 그 두통은 가라앉았어요. 또 아프면 어쩌지 하는 걱정과 두려움은… 기우였어요. 아프다고 한 것이 꾀병처럼 느껴질 만큼 너무나도 멀쩡.

그래도 이런 고통은 처음이었기에 병원을 찾았어요. 처음 검사라는 걸 받아 봤어요. 뇌에는 아무런 문제가 없대요. 참 다행이죠. 어찌 되었든 버텨야 한다는 욕망인지 책임감인지 모를 것 때문에 그간 부정당한 스트레스 덩이가 아닐까 생각해요.

내가 고장 났다는 걸 처음 깨닫던 순간, 저는 직장이라는 쳇바퀴를 벗어나기 보기로 결심합니다. 그저 어른들 말처럼 평범한 삶에서 벗어난 내 인생 첫 모험 말이죠. 그렇게 시간이 많아지면 못 해본 거 하면서 계획적으로 엄청 멋지게 지내야지 하고 다짐했어요. 그렇게 6년을 다닌 회사를 나왔어요. 그리고 처음으로 긴 여행을 하기로 합니다. 스쿠버 다이빙을 원 없이 즐겼어요. 내게 주어진 첫 자유. 여행을 마치고 돌아와 에너지도 충전했겠다 아주 자신감과 기쁨에 차 있었…는 줄 알았는데 아니었어요. 계획 없이 놀아버린 시간은 어차피 지금 하지 않아도 된다는 자기 합리화만 남긴 채, 게으름은 어디가 끝인지도 모르게 점점 깊어만 졌어요. 그리고 깨달은 건 그 쳇바퀴 밖 세상은 돈이 있어야 행복하다는 것. 그렇게 야금야금 퇴직금을 갉아먹으며 시간을 보내다 보니 그 행복은 반년 만에 끝이 나 버렸어요.

"역시 사람은 쉽게 안 변해…."

으, 인정해야만 하는 것인가. 안돼. '그래! 관련된 일을 해보는 거야.' 해보고 싶었던 일을 하기로 결심했어요. 스쿠버 다이빙 관련 업종으로 이직했죠. '이왕이면 돈도 벌면서 하고 싶은 일을 한다니 얼마나 아름다운가!'는 나만의 생각. 적응은 그럭저럭 할 만했지만 이직 후 생활은 생각만큼 달콤하지 않았어요. 저는 주말에 계속 일을 했고, 그러다 보니 결혼생활이 삐걱거렸어요. 내

일을 한다는 즐거움에 취해 있었고, 달콤한 나만을 위한 시간은 가족의 소중함을 잊게 만들기에 충분했어요. 결혼한 지 만 3년이 넘었으니 이혼 이야기가 나와도 이상하지 않았죠. 나는 아이를 원하지 않고 남편은 아이를 원하니 이혼을 해도 괜찮겠다는 생각마저 들었어요. 아이를 낳아줄 여자와 하루라도 빨리 만나게 해주는 게 그를 위하는 길이라고요. 무표정한 표정으로 넌지시 이야기를 꺼냈고, 남편은 어쩜 그렇게 이기적이냐고 말했어요. 남편이 펑펑 우는 모습을 본 건 그때가 처음이자 마지막이었어요. 그렇게 어색한 냉전의 시간. 아이도 없겠다 서류 한 장이면 해결될 얄궂은 사이. 서로 말만 하지 않았을 뿐 시기만 정하지 않았을 뿐, 흔해 빠진 성격 차이의 이별이 코앞이었어요.

그 무렵 회사에선 전시회 참가를 앞두고 있었어요. SPOEX- 서울 국제스포츠레저산업전. 스포츠를 사랑하는 사람이라면 누구나 기다리는 아주 큰 행사. 긴 시간 사무직을 벗어나 모든 것이 새로움의 연속이었지만 그중 전시회 참여는 저를 더욱 설레게 했어요. 매년 손님으로 참석한 그곳에 스텝으로 참가한다니! 며칠 동안 고생해서 준비한 전시회가 드디어 시작되었어요. 행사 진행을 하며 바삐 시간을 보냈죠. 그런데 갑자기 숨쉬기가 힘들었어요. 음, 뭐지? 옆구리가 아팠어요. 아까도 아파서 혹시나 하는 마음으로 미리 진통제를 먹긴 했는데 전혀 듣지 않았죠.

'이것만 끝나고 화장실에 가야지…'라고 생각하던 찰나 내 얼굴빛을 보곤 누군가 말했어요.

"너 왜 그래…? 괜찮아?"라며 그길로 붙잡혀 근처 병원에 끌려갔어요.

"괜찮아요! 정말 괜찮아요."라고 입은 말하고 있었지만 잠시 후 걸을 수조차 없어 휠체어에 앉아 이동해야만 했어요. 보호자가 필요했죠. 그렇게 어색해진 남편에게 전화를 걸었어요.

"오빠 나 너무 아파."

겨우겨우 입 밖으로 나온 한마디. 눈에선 눈물 줄줄. 그날 저녁, 긴급 수술을 했어요. 원인은 난소 염좌. 정말 기대했던 전시회인데…. 저는 행사 첫날부터 병원 침대 신세를 져야만 했답니다.

생각이 많아지는 밤. 몸은 병실 안이었지만 마음은 갈 수도 없는 코엑스를 향해 있었어요. 그러다 시선이 닿은 곳은 간이침대 위에 누워 잠을 청하고 있는 남편. 덩치도 커다래서 무척 불편할 텐데…. 집에 가서 자라고 했지만 남편은 끝까지 곁을 지켜주었어요.

"자궁 내 유착이 심해서 아이를 가지시는 게 좋을 것 같아요."

처음엔 의사 선생님과 친정엄마가 서로 짜고 아이를 갖게 하려고 거짓말을 하는 줄 알았어요. 긴급히 수술하지 않으면 나팔관이 괴사하여 문제가 생길 수 있다는 말에 어쩔 수 없이 한 수술이었는데 갑자기 임신이라니…. 열어보니 내막증이 있다고 합니다. 흔히 말하는 난임의 원인으로 손꼽히는 질환.

'하늘의 뜻인가?'

더 이상 도망만 칠 수 없었어요. 그렇게 이젠 아이를 갖기로 마음을 먹어요. 이제는 "내년에."를 했다간 이혼당할까 봐라고 주변에 포장해서 이야기했지만 그때 남편이 보여준 감동적인 간호에 대한 고마움은 말로 설명할 수가 없어요.

그렇게 딩크족에서 부모가 되어 보기로 첫 번째 큰 결심을 합니다.

미성숙한 엄마는 아직도 성장 중입니다

저는 임신은 마음만 먹으면 되는 줄 알았어요. 드라마에선 "웩!", "너 임신 했니?" 하며 임신 소식을 알게 되던데, 그래서 쉬운 줄만 알았어요. 그렇지만 예상과 달리 6개월 정도 지나도 아이는 생기지 않았어요. 혹시 문제가 있는 것은 아닐까? 뒤늦게 마음이 급해진 저는 난임 병원을 찾았습니다. 그곳은 매우 고요했어요. 가벼운 기침조차도 서로 조심하였고 아이를 간절히 원하는 마음은 무거운 공기가 되어 그곳을 가득 메우고 있었어요. 예약시간에 맞춰 병원에 가도 한 시간 이상 대기는 기본인 그곳.

'이렇게 아이를 간절히 원하는 사람들이 많구나…'

그동안 한없이 가벼웠던 마음이 부끄러웠어요. 그렇게 피를 몇 통을 뽑은 건지, 후기에서는 아프지 않다던 나팔관 조영술은 왜 이렇게도 아픈 건지…. 어질함에 다리가 휘청, 집에 돌아오는 길은 몸도 마음도 불편하기만 했어요. 며칠 뒤 나온 검사 결과는 다행히도 별문제가 없었어요. 그렇게 초음파 검사로 임신이 가능한 날짜를 받았어요. 일명 '숙제'. 예상과 다르게 조금 시간이 걸리긴 했지만 저도 저와는 절대로 어울리지 않을 것만 같았던 단어, 나도 엄마가 됩니다!

전혀 실감이 나지 않았어요. 입덧도, 커다란 징후나 변화도 없었죠. 그냥 '내 뱃속에 생명체가 자라나기 시작했다!'라는 마음가짐 정도랄까요. 자연 임신이었기 때문에 선생님은 흔쾌히 일반 산부인과 병원으로 옮겨도 된다고 말씀하셨어요. 웬 콩 같던 초음파 속 꼬물이는 어느덧 젤리 곰이 되어 있었어요. '어쩜 이럴 수가 있지? 아이고 세상에 귀여워라! 요 작은 것도 생명이라고….' 너무 신기해서 틈만 나면 바동거리는 영상을 보았어요.

예비 엄마의 일상은 그럭저럭 지낼만했어요. 어김없이 철마다 찾아오는 비염만 빼면요. 연중행사로 여기며 줄줄 흐르는 콧물이 이제는 익숙한 줄 알았는데 새삼 불편했어요. 임산부도 먹을 수 있는 약을 처방받기 위해 산부인과로 향했어요. 의사 선생님은 반갑게 웃으며 맞이해주셨어요. 나온 김에 꼬물이가 잘 자라고 있나 함께 보기로 했고요. 밝았던 의사 선생님 표정이 갑자기 어두워지셨어요. 그리고 조심스럽게 입을 떼셨어요.

"아이가…, 심장이 뛰지 않아요."

의사 선생님은 매우 조심스럽게 말씀하셨어요. 곧이어 몇 마디의 말씀을 더 하셨지만 기억이 나질 않아요. 그렇게 나는 간호사에게 인계되어 담담한 위로와 함께 수술 날짜에 대한 설명을 들어요. 역시나 무슨 말씀을 하셨는지 기억나진 않아요. 다시 말하지만 나는 콧물 때문에 병원에 갔을 뿐이거든요. 대략 생각나는 건 9주가 넘었던 시점이었는데 아이는 그만큼 크지 않았고, 그저 약해서 그런 거라고 네 탓이 아니라는 것.

> 햇살이 밝아서 햇살이 아주 따뜻해서
> 눈물이 말랐어 생각보단 아주 빨리
> 죽을 것 같아서 정말 숨도 못 쉬었었어
> 근데 햇살이 밝아서
> 햇살이 밝아서 괜찮았어

날씨가 너무 좋아서 일까. 왜인지 모르겠지만 머릿속에선 〈대낮에 한 이별〉 노래 가사가 온종일 맴돌았어요. 노래 가사처럼 눈물이 멈추지 않았지만 햇살이 밝아서 괜찮았어요. 멍한 발걸음으로 겨우 택시를 타고 집에 돌아와 남편에게 전화를 걸었어요. 그는 고맙게도 단숨에 달려와주었어요. 믿기지 않아 다른 병원에서도 확인해 보았지만 결과는 동일했어요. 빠르게 수술 날짜를 잡았어요.

'내가 아이는 싫다고 해서 벌받는 건가? 내가 딩크족이라고 떠벌리고 다녀서 벌 받는 건가?'

모든 게 다 내 탓 같았어요. 익명의 공간에서조차도 다들 네 탓이 아니야라고 기꺼이 자신의 아픔을 꺼내어 위로를 건네줍니다. 그렇지만 제 멘탈은 걷잡을 수 없었어요. 틈만 나면 눈물이 났어요. 슬픔을 이겨내기 위해선 틈을 줄여 바쁘게 지내야만 했어요. 회사에선 일에 매달리고 주말엔 목적지도 없이 떠나기를 반복 그리고 또 반복.

수술은 잘 되었고 병원에서는 3개월 후부터 다시 시도하면 된다고 하셨어요. 지금 생각해 보면 무슨 믿음이었을까? 피식 웃음이 나오기도 했지만 태어나 처음으로 한 치의 의심도 없이 간절하게 소망한 첫 순간이었어요. 정말 딱 3개월만 쉬면 아이가 다시 찾아올 거라는 강력한 믿음. 생생한 믿음. 그렇게 태교 여행으로 잡아두었던 '괌'에선 다시 찾아올 아이 신발을 샀어요. 강력한 믿음 덕분인지 정말 3개월 후에 다시 아이가 찾아왔어요.

9주에서 10주로 넘어갔을 때의 감동이란! 첫 심장 소리를 들었을 때보다 더 떨리던 순간이었어요. 불안함의 터널을 지나 여느 임산부처럼 평범한 임산부 생활을 거쳐 저도 엄마가 되었습니다. 엄마라는 신분이 추가되었지만 나는야 일도 육아도 완벽히 하고 싶은 '(구) 딩크족'

한 번도 예상조차 해보지 않았던 육아는 상상 이상입니다.

'어서 와! 육아는 처음이지?'

이렇게 힘들어서 아무도 안 알려 주는 걸까? 유일한 버팀목은 새벽 수유를 하면서도 혼연일체가 된 핸드폰 너머에 있는 나와 같은 초보 맘들이었어요. 그리고 아침이 되면 언제 주문했는지 모를 택배가 오곤 했어요.

아이 옷, 장난감, 필요할 것 같고 예쁘기도 한 것들이 기억에도 없이 집에 쌓여만 갔죠(그때는 그게 산후우울증인지 몰랐어요. 왜냐면 주변에 다 그랬거든요!). 나도 남들처럼 100일의 기적이란 게 찾아오고 그래도 수면을 취하니 쇼핑도 줄고 나 자신을 이제는 좀 사람 같다고 느껴졌어요. 그렇게 신생아를 키워내고 그래도 어리긴 한데… 이만하면 될까? 음…. 이른 복직을 한 워킹 맘의 글을 수도 없이 읽었어요. 그리고 아이가 6개월이 채

되기 전에 도망일지도 모를 복직을 했습니다.

임신을 하기로 마음을 먹은 후엔 스쿠버 다이빙 강사 일은 더 이상 할 수 없었어요. 임신 준비를 하겠다고 일을 그만두고 아이가 바로 생기지 않았던 당시, 그새를 못 참고 또 취업을 했죠. 앞자리가 3으로 바뀌었으니 새로운 일을 시작하기엔 늦은 나이라고 생각했지만 더 나이가 먹으면 도전이란 걸 할 수 없을 것만 같았어요. 그동안 행정 경력을 버리고 신입사원부터 시작했어요. 유부녀라고 임산부라고 폐를 끼치지 않기 위해 누구보다 열심히 일했답니다. 그 덕분에 회사에서도 인정받았어요. 해외 출장 기회가 생겼어요. 아이가 더 크면 왜인지 기회가 영영 오지 않을 것 같아 가겠다 말씀드렸어요. 그리고 남편도 적극 협조해 주었어요. 초보 엄마로서의 삶은 행복했어요. 아이가 주는 에너지란 이런 걸까? 사랑의 힘이 이런 걸까? 이래서 엄마가 되어야 어른이 된다고 하는 걸까? 나에게 이런 에너지를 주는 딸이 너무 고마웠어요.

그러나 장밋빛 해피엔딩은 시시하다는 법칙이라도 있는 것 같습니다. 코로나19. 예상치 못한 변수가 생겼어요. 이미 예약되어 있는 출장을 취소할 수도 없고, 이제 와서 못 간다 한들 갈 사람이 있는 것도 아니었어요. 기대 반 걱정 반으로 떠나긴 했지만 불행 중 다행으로 출장은 큰 사고 없이 무사히 마치고 돌아올 수 있었어요. 출장을 마치고 돌아오자마자 온갖 취소건들을 처리했어요. 그리고 두어 달이면 끝날 줄 알았던 코로나는 생각보다 길어지는 듯했습니다. 그것은 단축 근무, 유급 휴직, 무급 휴직을 거쳐 또 저를 백수로 만들었습니다. 그렇습니다. 저는 여행업 종사자. 연일 뉴스에 나오던 그들 중 한 명이 되어버렸어요.

제가 취해 있던 육아, 일에 대한 열정이 탁 끊어져 버렸어요. 온 우주의 기운이 저를 뜯어말리는 것 같았죠. 왜 난 하필 그 많은 직업 중에 여행업을 선택할 걸까? 내 딴에는 열심히 살았던 것뿐인데, 난 왜 아이를 갖겠다고 나댄 거지? 결론도 없는 질문으로 자아들이 끝도 없는 싸움을 했지만 결론은 없었어요. 그러나 그렇다고 그런 결론 없는 질문에 사로잡혀 허송세월을 할 수만은 없었어요. 이제는 엄마가 되었기 때문에 달라져야만 했습니다. 내가 할 수 있는 것을 찾아내야만 했어요. '나'이기만 했을 때는 보이지 않던 것들이 '엄마'가 되어보니 조금씩 보이기 시작합니다.

성장의 시작은 독서이다

"제가 이상해요. 미친 것 같아요."

퇴사 후 갈 곳이 없어진 제시간은 육아로 채워졌어요. 분명히 너무 행복하고 너무 사랑하는 딸인데 이상하게도 육아는 하면 할수록 답답함이 가득, 그렇게 차곡차곡 쌓여버린 분노는 빠져나갈 구멍이 없었어요. 그 분노라는 녀석은 동전의 양면처럼 행복과 딱 붙어 함께 찾아왔어요. 하루에도 수십 번씩 왔다 갔다. 일명 미친 여자가 따로 없는 기분. 달라져야 한다고 나를 채찍질하기 전에 우선 해결을 해야만 했어요. 이대로 가면 아이를 때리게 될 것만 같았거든요. 한 번이 어렵지 두 번이 어렵겠어요? 그렇게 처음 제 발로 신경정신과를 찾게 되었답니다.

"괜찮아요. 정말 비정상인 분들은 병원에 찾아오지 않으세요."

의사 선생님의 처방에 따라, 약을 복용했어요. 약을 먹으면 감정이 통제되는 듯했어요. 그동안 무엇 때문에 왜 이리 분노에 차 있었던 걸까요? 다행히 비슷한 상황에서 전혀 화가 나지 않았어요. 그렇지만 기분 탓일까요? 정말 그런 걸까요? 왠지 모르게 기쁘지도, 행복하지도 않은 기분이에요. 마치 고장 난 로봇이 된 듯한 기분이었어요. 그래도 분노가 치밀어 오르지 않으니 그나마 버틸만했답니다.

과연 누가 육아가 체질이어서 육아를 할까요? 비겁하지만 저는 저의 이런 분노, 두려움, 불안이라는 감정을 통제하지 못하고 외면했어요. 스스로에게 무엇 하나 솔직하지 못했던 거죠. 그동안 끊임없이 자책하며 눈물로 하루하루를 보냈는데 의사 선생님께서는 당연하다, 괜찮다고 말씀해 주셨어요. 그냥 감기에 걸리면 감기약을 먹는 것처럼 마음의 병 치료를 돕는 것이라고 하셨죠.

이번 퇴사는 의지와 상관없었기 때문에 실업 급여를 받게 되었답니다. 툭하면 하는 어린이집 휴원 때문에 무엇 하나 진득하게 하기가(새롭게 뭘 배우기도) 생각만큼 쉽지 않았어요. 그저 실업 급여가 끝나갈 때까지도 갈피를 잡지 못한 채 '육아냐? 좀 더 공부를 해볼까? 아니야, 공부는 무슨 돈을 벌어야지 복직하자.'

머릿속은 다양한 생각들로 가득.

그렇게 생각의 외줄 타기를 했지만 결국 아무런 성취도 이루지 못했어요. 반년이라는 시간이 무심히 흘러버렸죠. 육아와 일을 병행할 수 있어 보이는 적당한 직장에 재취업하기로 했어요. 나름 사회생활도 어느덧 10년. 어느 곳이어도 상관없다. 코로나만 버텨내자 여겼어요. 이 시기에 그래도 재취업을 할 수 있다니 땡큐죠.

입사한 회사는 작은 여행사였는데 사장님은 망하지 않고 버텨내고 있다는 프라이드가 대단했어요. 그리고 이 시국에 다른 사장님들도 아르바이트를 하며 버텨내고 있는 와중에 여행업 일로 너를 고용함에 대해 감사하라는 게 넌지시 깔려있었어요. 물론 저도 처음엔 그렇게 생각했어요. 그런데 이 사람, 나보다 스펙이 좋은 사람도 많았지만 너를 고용했다고 말하며 은근히 무시를 해대는 거 있죠. 사장님은 심심했는지 시답잖은 농담을 하기도 했어요. 자기 자랑과 인맥 자랑에 맞장구를 쳐주지 않으면 재미가 없다고 뭐라고 하기도 하면서요. 이런 불쾌한 감정은 처음이어요. 나름 '사회생활 만렙(최대치 성장)'이라고 생각했지만 이곳에서의 시간은 그렇게 호락호락하지 않았어요. 버텨냄은 나 자신을 더 혹사할 뿐, 이대로 이곳에 머물러 있다간 더 큰 병이 생

길 것만 같았죠. 참는 거 하나는 둘째가라면 서러울 나인데 삼세

번 참아냈으면 됐다. 수많은 핑계의 무덤에서 나오자. 현실을 마

주하기로 결심합니다.

그렇게 또다시 백수 생활. 그렇지만 이번엔 달랐어요. 자발적

백수. 내 뜻으로 선택.

"안녕히 계세요. 여러분! 전 이 세상의 모든 굴레와 속박을

벗어던지고 제 행복을 찾아 떠납니다. 여러분도 행복하세요~!"

저도 〈이누야샤〉(TV 애니메이션)의 가영이처럼 손을 흔드는

모습을 실현한 날이었죠. 가벼워진 발걸음 탓일까요. 갑자기 다

이어리가 눈에 들어왔어요. 지난겨울 다채롭게 빛을 내며 몸값

을 자랑하던 다이어리들은 여름 한자락엔 2~3,000원대 균일가

신세. 마치 원했던 경력 단절도 아닌데 취업 시장에서 어느새 몸

값이 떨어져 버린 제 모습 같기도 했어요. 몇 년을 한두 달 채우

고 말던 터라 다이어리에는 더 이상 돈을 쓰지 않기로 했는데….

다음에는 2~3,000원 아니고 정가에 팔리길!(다음엔 경력 후려치

기 당하지 말고 제값에 팔리길!) 퇴사 기념 나에게 작은 선물을

해봅니다. 다이어리를 펼치고, 제일 앞 장에 두 문장을 적었어요.

"변하고 싶어."

"늦지 않았어."

정말 간절했어요. 똑같은 반복은 지겨웠어요. 무작정 도서관으로 향합니다. 유튜브에서 추천받은 자존감을 높여주는 심리학 책과 애는 저만치 커서 앞서가는데 이렇게 머물러 있으면 안 되지, 육아서. 아~, 집이 너무 지저분해, 미니멀 라이프. 그리고 있어 보이는 제목의 자기 계발서들. 그렇게 대출 가능 권수 7권을 채워 뿌듯하게 집으로 돌아옵니다.

얼마 만에 읽는 책일까? 너무 오랫동안 손을 놓았던 탓인지 바람과는 다르게 진도가 잘나가진 않았어요. 그나마 그중《습관의 재발견》이라는 책은 너무 잘 읽혔어요. 기적 같은 변화를 불러오는 작은 습관이라니. 20대 때 나름 나이만큼은 읽어야지 해놓고 책 한 권 읽기 실천이 어렵던 나에게 사소한 키워드들이 마음에 닿는 순간.

작은 습관→보상→긍정적 변화→성취의 기쁨 그리고 업그레이드 된 새로운 습관, 선순환 고리.

'내 탓이 아니라 뇌 탓이다'라는 위로와 함께 말이죠.

가만히 생각해 보니 늘 거창해서 문제였어요. 하다못해 청소도 조금씩 했으면 될걸, 미룰 만큼 미뤄두었다가 한 번에 하려니 그 시간이 지치고 힘들 수밖에. 인생은 게임처럼 하트 세 개짜리 목숨도 아니고 게임오버가 되면 스타트 버튼 한 번에 다시 시작하면 되는 그런 게 아닌데 말이에요. 그동안 가졌던 '아니면 말고!'하는 마음가짐을 고치기로 했어요.

'사소한 습관이 오늘의 나를 만들었다고 하니, 몇 년을 이렇게 산 거야? 그래. 쉽게 변할 리 없잖아?'

나를 인정하고 조금씩 해보기로 했어요. 마침 백수가 되어서 시간도 많겠다. 닥치는 대로 책을 읽기 시작했어요. 책은 책을 불러오고 또 다른 책을 불러왔어요. 그렇게 한 권, 두 권 읽다 보니 읽을 때는 재미있고 좋은데, '아 그때 그거 좋았는데 뭐였지?' 기억이 나지 않는 지경에 이르자 혼자만 볼 수 있는 네이버 밴드를 만들어 책에 대한 후기를 기록하기 시작했어요. 그렇게 5개월쯤 흘렀을 때 그 공간을 인스타그램으로 옮겼어요. 그 이유는 환경을 바꾸라는 책의 지혜 덕분이었죠. 그렇게 작은 습관의 변화는 많은 변화를 가져다주었답니다.

독서를 시작한 지 1년이라는 시작이 흘렀어요. 그동안 적다면 적지만, 많다면 많은 100권이라는 책을 읽게 되었어요. '정말 일 년 동안 생긴 일이라고?'라는 생각이 들 정도로 많은 변화가 있었어요. 가장 큰 한 가지를 이야기하자면 꿈을 꾸기 시작했다는 것이에요. 간절히 변하겠노라 여러 번 시도를 하다 보니 그 끝엔 생각만 해도 설레는 꿈이 닿아 있었어요.

누구나 처음은 어려워요. 어쩌면 방향도 속도도 무엇 하나 마음에 들지 않을지도 몰라요. 남들과 비교하며 좌절할지도 몰라요. 그러나 포기하지 않고 하나 둘 해내다 보면 여기저기 흩어져 형체를 알 수 없는 조각들이 마법의 퍼즐처럼 맞춰지는 경험을 할 수 있을 거예요.

SNS에 보면 수많은 인생 책, 추천 책들이 돌아다녀요. 그 책들도 물론 좋지만 레벨이 제각각이라 자칫 잘못 골랐다간 시작만 거창하고 마무리를 짓지 못할 수도 있어요. 몇 권은 누군가의 추천으로, 나머지 한두 권은 그냥 내 마음이 추천해 주는 책을 골라보는 것은 어떨까요? 한 가지 팁을 드리자면 서점이나 도서관으로 무작정 달려가 보는 거예요. 내 무의식이 신호를 보내고 있을 거예요. 묘하게 제목이 끌리든, 표지가 예쁘든 이유는 크게 중요하지 않아요.

'나 여기 있어요!'라고 외치는 책이 어쩌면 그것이 나만의 인생 책이 될지도 몰라요. 그렇게 한 권을 읽어냈다면 준비가 되었음을 의미합니다. 당신의 성장 첫 단추는 이미 채워졌어요.

건강한 신체에 건전한 정신이 깃든다

'닭이 먼저일까, 달걀이 먼저일까?'

독서의 중요성을 이야기하더니 갑자기 무슨 이야기일까요? 조금 뜬금없지만 잠시 멈추고 생각을 해봅시다. 저도 이런 먹고 사는 데 지장 없는 논제는 관심 밖이기는 해요. 솔직히 말하면 저 역시 그렇게 깊게 생각해 본 적은 없어요. 그렇지만 아이를 낳고선 막연히 '닭이 먼저다'라는 말에 좀 더 마음이 갑니다. 알을 품어내 병아리로 키워내는 모성본능에 자연스레 손을 들어 주고 싶은 그런 마음인 것 같아요.

그렇다면 독서가 먼저일까요, 운동이 먼저일까요?

이 이야기를 꺼낸 건 둘 다 꼭 필요하지만 둘 중 하나를 선택할 수밖에 없는 상황이라면 어떤 걸 먼저 하는 게 좋을까 문득 고민이 들어서에요. 아이를 키우다 보면 내 시간 10분 내는 게 사치스럽게 느껴지고 뭐 하나 꾸준하기가 어렵잖아요.

여자 몸무게 48kg. 언제 적 환상인지 10대 이후로 쭉 한 번도 본 적 없는 숫자지만 20대 때는 쭉 저 숫자가 목표였어요. 어릴 땐 마른 편이었지만 누구나 겪는 고3이라는 시간 동안 튼튼해져 버린 몸은 쭉 유지가 되었습니다. 대학에 가면 살 빠진다는 말 거짓말인 거, 다들 아시죠? 매년 부적처럼 다이어리 첫 장에 첫 번째 목표였던 다이어트 48kg라고 적기만 했어요. 그렇게 적당히 유지하던 몸은 대학을 졸업할 때쯤은 조금 더 튼튼해져 있었고, 사회생활을 시작하면서 점점 불어갔어요. 떡국과 함께 먹어버린 나이가 중력의 힘이라도 받는 걸까요? 결혼 전 1년 정도 독립을 하면서 운동할 시간이 생겼어요. 땀 흘리는 걸 질색하던 저인데 하다 보니 재미도 붙고 어느새 10kg 감량에 성공합니다.

문제는 그다음이에요. 신혼 무렵 쭉 유지했다면 좋았을 텐데, 남편의 퇴근은 매일 늦었어요. 그 핑계로 저녁은 매일 두 번 그리고 반복되는 술. 덕분에 또 몸은 커졌습니다. 그때까지만 해도 외모는 중요하지 않다, 외모는 껍데기에 불과하다고 생각했어요.

'내가 마음을 안 먹어서 그렇지 마음만 먹으면 10kg 그까짓

거 금방 뺄 수 있지'

그렇게 몇 년이 지났어요. 그 이후 몇 차례 그 마음이란 걸 먹어보았지만 '내가 그렇지 뭐…. 다이어트는 내일부터'라는 문구가 위로를 건네줍니다. 20대 때 한번 성공해 봤다는 나의 자만심은 오히려 한약에도 손을 대게 만들었어요. 부작용보다 당장의 식욕 없음이 뿌듯했죠.

시간이 좀 더 흘러 복강경 수술 한 시점엔 반년 정도 피임약을 복용하게 됩니다. 임신 준비 시작 전까지 권장하는 치료법이래요. 부작용으로 폐경 증상을 동일하게 겪었어요. 얼굴은 울그락 푸르락 시도 때도 없이 달아오르고 난데없이 눈물이 나기도 하고 불면증도 생겼어요. 이 부작용만은 피해 가고 싶었는데 체중 증가도 당첨! 그렇게 결혼부터 아이 두 돌쯤까지 9년이라는 시간 동안 체중은 아름다운 우상향 그래프.

모처럼 딸과 오랜만에 키즈 카페에 갔어요. 함께 자동차에 올라 아빠를 향해 손을 흔들며 찰칵! 찍힌 사진엔 어여쁜 딸과 인질을 붙잡고 있는 듯한, 웃으며 착한 척하는 납치범 같은 제 모습이 찍혀있었어요. 사진첩을 거슬러 올려봅니다. 온통 아이 사진뿐 그사이 가끔 등장하는 내 사진은 펑퍼짐한 옷에 가려져 있었지만 하나같이 '거구'였어요. 그리고 보니 무릎이 아프다던가 갑자기 숨쉬기가 불편하다든가 몸이 비상 신호를 보내긴 했다는 게 떠올랐어요. 그렇게 불러난 몸에 대한 첫 자각.

20대 때 다이어트에 성공해 자존감이 오르고 당당했던 시절이 떠올랐습니다. 계속해서 '다이어트는 내일부터!'를 부르짖었다간 더욱더 큰 몸이 되는 건 시간문제였어요. 이대론 안 돼. 당장 위를 줄이기 위해 기존 식사량의 2/3 정도만 섭취하고 매일 스쿼트를 해보기로 했어요.

그렇게 나름 한 달 정도 기초 체력을 쌓았다고 생각하고 정말 처음이자 마지막이라는 마음으로 PT(퍼스널 트레이닝)를 등록합니다. 오랜만에 시작한 운동은 힘든 것도 힘들었지만 '이거 집에서 유튜브 보면서 할 수 있는 건데... 돈 아깝다.'라는 생각이 가장 먼저 들었어요. 나의 게으름이 만들어낸 지출이라고 생각하며 꼭 빼고야 말겠다 결심합니다. 그렇게 식단도, 운동도 열심히, 철저히! 결혼 후 꽤 오랜 시간 유지했던 앞자리 6에서 5라는 숫자를 맞이하게 됩니다. 20대 때 앞자리 4로 발가락을 살짝 담갔던 순간보다 더욱 기뻤던 순간!

그렇게 지속한 결과는 10년 전보다 건강해진 몸입니다. 20대때 혼자서 방법도 모르고 운동할 때보다 훨씬 효과적이었어요. 다양한 운동 정보를 찾아볼 수 있는 유튜브 채널도 있고 궁금한

게 생기면 언제든지 물어볼 수 있는 멘토가 생긴 덕분이었죠. PT 기간이 끝날 즈음이 되니 운동에 재미가 붙었어요. 죽어있던 운동 세포가 살아난 기분이랄까요. 몸무게도 숫자에만 연연해 감량한 것이 아니라 지방으로만 10kg 이상 감량하고요. 그래봐야 겨우 표준이 되었지만, 지난날 거구를 생각해 보면 놀랄만한 결과였어요.

"8주 만에 10kg 뺀 썰(이야기)!"

SNS 광고 문구처럼 이야기하고 싶지만 현실적으로 불가능하다는 것을 이제는 알고 있습니다. 나의 성취는 비록 한 달에 2kg 감량이라는 어쩌면 누군가에게 말하기는 초라한 성적표예요. 그렇지만 반년이라는 시간 동안 꾸준히 했기 때문에 10kg 이상의 감량이 가능했어요. 사람마다 다르지만 새로운 습관을 뇌에서 받아들이려면 최소 21일을 지속해야 한다고 해요. 그리고 그것을 유지했다면 그다음은 66일을 넘겨야 하고요. 그래야 비로소 몸에서 거부반응이 일어나지 않는다고 해요. 저는 혼자 했다면 절대 성공하지 못했을 거예요. 비록 유튜브로 무료로 찾아볼 수 있는 운동이었을지라도 틀린 자세로 며칠 하다가 무릎이 아프다며 그만두었을지도 몰라요. 돈을 투자했고 혼자가 아니었기에 해낼 수 있었어요.

PT의 도움이 있긴 했지만 과정은 말처럼 쉽지만은 않았어요. 저 또한 '무슨 부귀영화를 보겠다고!' 하는 마음이 들기도 하고, 더운 여름에는 맥주 한 모금이 간절했어요. 으~ 내 사랑 맥주! 그때마다 한 번이 힘들지 두 번은 어렵지 않을 거란 생각에 꾹 참았습니다. 트레이너 선생님께 들은 말 중 가장 기억에 남는 말이 있어요.

"만족하지 않고, 포기하지 않고, 그러면 됩니다. 만족하고 포기하는 순간 다이어트는 끝!"

이 말은 비단 살덩이와의 전쟁이 아니라 현재의 삶 전체를 위로해 주는 것 같았어요. 누구에게도 물을 수 없어 나에게 향해 있던 원망과도 같은 그 무언가가 떨쳐내고 회피해야만 되는 것이라고 생각했는데, 인정하되 포기하지 않으면 된다고, 그거면 된다고 말이에요.

성장의 첫 단추로 독서를 꼽았지만 '유지'의 힘은 건강한 신체에서 나온다고 생각해요. 실제로 꾸준하고 규칙적인 운동은 행복호르몬인 엔도르핀을 제공합니다. 행복은 정신과 직결됩니다. 다시 운동을 하기 전엔 '건강한 신체에 건전한 정신이 깃든다'라는 명언도 흔한 듣기 좋은 말이라고 반박이라도 하고 싶었어요. 그러나 역시 해보니, 정말 몸은 배신하지 않았고 정말 신체적으로 건강해 지니니 정신력도 강해짐을 느낍니다.

'닭이 먼저냐, 달걀이 먼저냐?' 사람마다 달라요. 마찬가지로 '독서가 먼저냐, 운동이 먼저냐?'도 사람마다 다릅니다. 제가 엄마가 되고 나서 닭이 먼저에 한 표를 준 것처럼 지금의 저는 굳이 둘 중 하나를 먼저 해야 한다면(그래도 가능하다면 인생에 그 둘은 꼭 가져가세요!) '운동'이 먼저라고 이야기하고 싶어요. 운동은 꾸준히 도미노를 세워나가는 것과 같습니다. 아직 무엇을 해야 할지 모를 때 언젠간 뭐라도 되겠지란 단순한 마음 조각 같은 것 말이죠. 그것이 쌓여 어느 날 시작이 될 때 알게 모르게 조금씩 채워진 근육은 놀랄만한 힘을 준답니다. 툭 한번 쳐서 예쁜 작품을 만들어내는 도미노처럼요.

그대도 할 수 있어요! 힘들다면 가벼운 산책, 계단 오르기부터 시작해 보는 거 어때요?

엄마이기 때문에 실패에서 더 성장한다

매년 11월이면 누군가의 아들, 딸들의 슬픈 기사가 없길 간절히 바랍니다. 요즘은 생활기록부가 더 강화되어 수능의 영향력이 적어졌다고는 하지만 여린 소중한 생명들이 원하지 않는 결과에 세상을 등지는 선택을 하기도 해요. 도무지 감당할 수 없는 커다란 실패라고 여겼을까? 그 무게는 감히 함부로 상상할 수 없어요. 어른이 되고 보면 아무것도 아닌 수많은 관문 중 하나인데 해마다 올라오는 안타까운 기사에 이름도 얼굴도 모르는 아이가 겪었을 아픔과 고통에, 슬픔에 잠기곤 합니다.

저는 수시 전형으로 대학에 붙어버리는 바람에 정시에 일반 대학교에 응시할 수 없었어요. 인(In) 서울이 간절했던 지방 출신 소녀는 서울에 붙었던 대학이 사립대학이라는 이유로 집안의 반대에 부딪혔어요. 온갖 안 될 이유들로 결국 집에서 가까운 국립 대학교에 진학했어요. 인생에 첫 관문 같던 수능을 치열함 없이 선택했던 대가일까요? 그렇게 '실패 기피자'가 됩니다. 예를 들면 붙지 못할 것 같으면 응시했던 시험도 보러 가지 않았어요. 열심히 번 돈인데, 응시료가 작은 금액도 아닌데 공부를 하지 않은 나라는 '결과'를 마주하는 게 두려워 그냥 보러 가지 않았어요. '불합격'이라는 결과를 마주하는 게, 나에게도 남에게도 부끄러웠습니다. 그렇게 날린 응시료를 모아보면 못해도 가벼운 명품 가방 하나는 살 수 있진 않았을까 싶어요.

도전이라는 건 곧잘 했지만 실패는 멀리했어요. 늘 가능한 도전만 했고 좀 어렵다 싶으면 결말을 멀리하고 흐지부지하다 말았어요. 그러다 보니 취업도 '나 같은 게 어떻게 대기업을 가?' 제대로 도전 한 번을 안 해보고 합격할 만한 회사로 하향지원. 적당한 월급쟁이로 그냥 그렇게 대충 살았어요.

가만히 생각해 보면 꿈에 대해서도 그랬어요. 저는 어릴 때부터 성우가 되고 싶었어요. 그렇지만 어디선가 "경쟁률이 굉장히 높다더라. 최소 800 대 1이다."라는 이야기를 듣고, '그래 난 축농증도 있고 비염도 있어서 안 될 거야.'라며 도전조차 하지 않앉어요. 노력도 해보지 않고 안 될 거라는 핑계 몇 줄이 필요했던 거죠. 고등학교 때는 학교 방송반 아나운서로 활동했지만 대학을 가면서 그 꿈은 아예 꽁꽁 숨어버렸어요. 어느새 꿈도 목표없이, 전공과도 상관없이 돈이나 벌자 였던 이른바 '묻지 마 취업'. 결혼을 하고 안정을 찾으면서 잠시 생각난 꿈에 큰 용기를 내어 한 번 도전해 봤지만, '뭐야 내가 어린 시절부터 꿈꿔온 꿈에 대한 태도라는 게 겨우 이거였어?' 최선을 다하지 않고 이미 한계를 긋고 적당히 하는 나 자신에게 크게 실망하고 서류 지원한 번 내본 것에 만족하고 더욱 깊게 꽁꽁 숨겨버립니다.

그러나 엄마란 참 대단하죠? 그동안처럼 될 리 없다고 시도도 하지 않던 게으름이 사라졌어요. 나한테 이런 면이 싶었나? 싶을 정도로 진취적인 캐릭터. 작게 포장된 기저귀 하나를 살 때도 100원이라도 싸게 사겠다는 핫딜(저렴하게 물건을 사는 것) 경쟁에, 베이비페어니, 유아 교육전이니 선착순 선물을 받겠다고 일찌감치 집을 나서는 사소한 노력이긴 하지만요. 하나라도 살림에 보탬이 될까 이리저리 머리를 굴리는 천상 아줌마가 되었어요. 좀 웃기긴 하지만 그러한 가벼운 실패가 누적된 탓일까요? 이번 핫딜에서 못 사면 다음 핫딜에서 사면 그만이고 '기회는 돌고 도는 것.' 도전의 횟수를 늘리면 실패가 많아도 기회가 훨씬 많다는 걸 깨닫게 됩니다.

그 무렵 코로나19로 일자리를 잃은 수많은 여행업 종사자 중한 명이 되고 보니 그동안 생각한 어른 행세, 사람 구실 좀 하나하는 생각은 그래도 내가 돈을 벌고 있다는 그런 정신 승리라는것을 뼈져리게 느끼게 됩니다. 그동안 직장인이라는 안전지대에선 못해도 당장 크게 뭐라 하는 사람도 없고 월급이라는 마약에취해 잘 살고 있다고 착각하며, 살아지고 있었던 거예요.

책을 읽으면서 정신 무장도 하고 살도 빼고 하니 '엄마'가 되어 생긴 용기가 더 커집니다. 기어코 평생 죽어도 못할 것 같았던 '영업'에 겁도 없이 도전하게 됩니다. 완벽이란 건 원래 없다. 5~10%만 준비되면 시작하는 거라고 책들이 자꾸 말을 걸어요. 그렇게 무작정 SNS를 만들고 세일즈 관련 서적과 업종 관련 책을 읽어 나가기 시작합니다. 처음으로 돈에 가치를 두어보지 않기로 합니다.

'내가 괜찮은 사람이 되면 돈은 자연스럽게 따라온다.'

어떤 일을 하든 셀프 브랜딩 필수인 시대에 나를 포장해 보기로 합니다. 처음엔 '거절' 당할 거리조차 만들지 않았으니 거절당할 땐 그 거절이 너무 아픕니다. 그렇지만 온라인상 SNS는 노력하는 만큼 늘어가는 팔로워 수가 재미있기도 했어요. 완벽히

'잘'보다는 최선을 다해 '열심'으로 공을 들여봅니다. 원하는 결과를 얻기 위해서는 더 큰 노력과 더 많은 시간이 필요함을 배웁니다. 그렇지만 사람이 쉽게 바뀌나요? 그럴 때일수록 도망치고 싶은 마음은 간절했어요. 안 좋은 습관이 왜 힘든 길을 가려고 하냐고 그냥 편하게 살자고 손짓을 해요. 그러나 이대로 도망친다고 해결되는 것은 아무것도 없었어요.

여러 가지 방법을 시도하면서 나와 어떤 게 맞는지 맞지 않는지 하나하나 배워나갔어요. 마치 '특급 노하우! 이것만 따라 하면 야 너도 할 수 있어!'같은 건 환상이라는 걸 깨달았어요. 아무리 좋은 방법도 나와 맞지 않으면 의미 없다는 것 그리고 실패를 반복해야 어느 정도 임계점을 넘으면서 진짜 내 것이 된다는 것. 그렇게 나를 믿는 '자기 효능감'이라는 게 생겨요. 아마 엄마가 되지 않았다면 '영업'은 무슨, 어떠한 도전도 하지 않으면서 그 자리에 머물러 있었을 것 같아요. 엄마가 되지 않았다면 실패가 두려워 도전 앞에서 계속, 계속 도망만 쳤을 거예요.

막연하게만 생각했던 내가 잘하고 좋아하는 것, 못하고 싫어하는 것, 잘하지만 좋아하지 않는 것, 못하지만 좋아하는 것에 대해 깊이 고민해 보게 되었어요. 남의 시선에 갇혀 제대로 마주보지 못했던 나의 욕구에 '귀 기울이기' 시작했어요. 그렇게 시간을 반복하다 보니 꼬깃꼬깃 처박아 두었던 어린 시절 꿈에 다다르게 됩니다.

"목소리가 좋으시네요~. 성우 같아요."

생각해 보면 그 칭찬에 취해 '성우 지망생' 타이틀에 빠져 제대로 노력해 본 적 없다는 것, 간절해 본 적이 없었어요. 당연히 되기 어려운 것이니 정말 될 수 있다는 생각 자체를 해보지 않았던 거죠. 어릴 땐 '축농증이 있어, 경쟁률이 높아'라는 핑계를 댔지만 이제는 '나이가 많아'라는 핑계까지 저를 보호해 주고 있었어요. '그러고도 그걸 꿈이라고 이야기할 수 있을까?' 하고 나에게 물었어요. 그렇지만 지금도 여전히 외면한다면 나의 10~20대 시절을 통째로 부정해야만 했습니다. 그때는 '될 수 없어'라는 부정적인 생각으로 내 스스로 한계를 정했어요. 그렇지만 스스로 안될 거라 여긴 그 틀을 깨고 나니 어린 시절 그 꿈은 사실은 생각만 해도 가슴이 떨리는 꿈이라는 것을 알게 되었어요.

어떤 사람이 되고 싶으세요? 저는 목소리로 행복을 주는 사람이 되고 싶어요. 그래서 이제는 그 꿈을 가슴에 새기며 죽이 되든 밥이 되든 해보기로 했답니다. 다양한 가능성을 두고 도전해 보기로요. 요즘 정식 공채 성우가 아니더라도 오디오 크리에이터로 활동하는 사람이 얼마나 많아요? 더 이상 실패할 거라고

단언하며 도망치지 않기로 했어요. 혹시 과거의 저처럼 '실패'가 두려워 도전이 어렵다면 이렇게 이야기하고 싶어요.

"내 아이가 나처럼 살면 어떨 것 같아요?"

저의 시작은 이런 마음이었어요. 적어도 내 딸은 나처럼 실패가 두려워 도전을 포기하는 삶을 살게 하고 싶진 않았어요. 내가 성장하려 하지 않으면 그것을 보고 자란 아이는 진정으로 행복과 꿈을 향해 성장할 수 있을까? 나를 거울삼아 자라는 아이기에 더 이상 내가 싫어하는 내 모습을 보여 줄 수 없어요.

이 세상엔 내 뜻대로 되지 않는 것 투성이에요. 그래도 하나 둘 도전을 늘리며 부딪혀 보면 그동안 몰랐던 나를 만날 수 있어요. 다양한 시도만이 기회가 주어졌을 때 그것을 내 것으로 만들 수 있습니다.

친정엄마의 정신적 대물림을 끊어야 되는 이유

어떤 엄마가 되고 싶으세요?

좋은 엄마요! 너무 당연한 질문이죠? 누구나 좋은 엄마이고 싶을 거예요. 그럼 좋은 엄마란 어떤 엄마일까요? 요리를 잘하는, 청소를 잘하는, 비교하지 않는, 꿈을 응원하는, 돈을 많이 버는 등 수많은 수식어가 있을 거예요. 물론 전부 해내면 더할 나위 없이 좋겠지만 그것은 현실적으로 불가능해요. 저는 그중 단하나라도 제대로 해낼 수 있다면, 내 뜻대로 되지 않는 순간에도 아이를 온전히 '믿어주는 엄마'가 되고 싶어요.

기억 속 어린 시절은 나름 화목했어요. 큰 집에 살고 자주 외식을 하며 장난감이 가득하고. 부유한 그런 기억은 아니지만 철이 바뀌면 가족 여행을 가고, 학교를 다녀오면 엄마가 집에 계시는 안전한 느낌. 초등학교 1학년 즈음이 되던 해에는 없던 차도 생기고 방 하나와 거실 겸 방이 있는 13평 아파트에서 방도 세 개나 있는 21평으로 이사를 갔어요. 다들 다니는 속셈 학원에 다니진 못했지만 제가 좋아하는 피아노 학원은 초등학교 내내 다녔어요.

무난하고 평범했어요. 조금 다르다면 달랐던 점은 아빠가 직장 생활을 길게 하시지 못해 가끔 몇 달씩 집에 계시곤 했던 점이였어요. 엄마는 그런 아빠를 못마땅해 하셨죠. 다른 친구들의 집은 아빠가 승진하고 더 큰 집으로 이사를 가곤 했는데 우리 집은 그렇지 못하다면서요. 그러다 초등학교 고학년이 되었을 즈음엔 사업을 하셨는데 그것도 그렇게 잘 되진 않았어요. 중학생이 되던 해에는 지역을 옮겨 할머니 댁에 들어가 살게 되었습니다. 그러면서 자연스럽게 사업을 접고 슈퍼를 하게 된 우리 집. 제 기억엔 대략 이즈음부터 본격적으로 부모님의 사이가 나빠지셨던 것 같아요. 슈퍼는 시간이 흘러 시대적 흐름에 맞추어 편의점이 되었어요. 부모님은 교대로 가게 일을 돌보셨어요.

부모님은 점점 사이가 나빠졌어요. 본능적으로 돈 때문이라고 생각했습니다. 머릿속엔 '어른이 되면 빨리 돈을 벌어 이 지긋지긋한 집을 나갈 거야.'라는 생각이 가득했어요. 엄마는 저에게 돈돈 거리지 사람이 되지 말라고 하셨어요. 돈이 없으면 살수 없는데 그런 말을 하는 엄마가 이해가 되진 않았습니다. 엄마는 막냇동생이 크면 이혼을 할 거라고 하셨어요. 그때까지 참아보겠다고 했답니다. 그랬던 엄마는 결국 버티지 못하고 막냇동생이 초등학교 6학년이 되던 해, 내가 대학교 3학년이던 해에 이혼을 하셨어요.

'그래 모든 건 다 돈 때문이야'라고 확신했어요.

부모님이 이혼하시기 전 종종 이혼에 대해 어떻게 생각하냐고 묻곤 하셨어요. 그럴 때마다 나는 항상 같은 대답을 했죠. 둘 중 한 분이라도 행복했으면 좋겠다고. 이혼에 찬성한다고. 그 때문인지 두 분의 이혼이 왠지 제 탓 같기도 했어요. 더 이상 누구에게도 제 감정을 말하고 싶지 않았어요. 입을 꾹 닫기 시작합니다. 나를 포함한 동생들은 아무것도 없이 빚을 나눠 가진 엄마를 따라 나왔어요. 누우면 방이 가득 차는 집. 겨울에 씻을 때면 입에서 하얀 김이 나오곤 했어요. 너무 추웠던 나머지 그때는 씻는 것조차 너무 싫었어요.

원래 엄마일까요? 변한 엄마일까요? 엄마 마음에 들 땐 난 착하고 예쁜 딸, 마음이 들지 않을 때 천하의 못된 년, 전 다 감당해 내야 했어요. 딴에 아무리 노력을 한다고 해도 엄마의 기대치에 맞출 수가 없었어요. 점점 더 참는 게 습관이 되었어요. 아예 표현을 해버리지 않거나 속내를 보이지 않게 과하게 표현했어요. 제 내면은 중요하지 않았어요. 그런 건 뭔가 사치스럽다랄까요? 어차피 소용없으니까요. 저는 한없이 무기력했어요.

그래도 신께선 '망각'이라는 축복을 내리셨더랬죠. 시간은 상처를 아물게 해요. 연고를 발라 예쁘게 아물었는지, 흙으로 비벼 대충 지혈만 했었는지 모르지만 어쨌든요. 저라는 사람이 그랬었는지조차 잊고 살았어요. 한때는 스스로 행복할 자격조차 없다고 비하했지만 사람은 사람을 만나 상처가 치유된대요. 조각나버린 저에게도 가정이란 걸 이루면서 새로운 가족이 생겼으니까요. 두 사람이었던 가족은 6년이란 시간이 흘러 세 사람이 되었어요.

실패하고 싶지 않았어요. 가능하다면 일도 육아도 완벽하게! 하지만 무엇 하나 제대로 할 수가 없었어요. 잘하려 하면 할수록 스트레스는 극에 달했어요. 일은 일대로 집중이 되지 않아 실력 발휘를 할 수 없었죠. 아이를 낳으면 뇌도 같이 낳는다는 우스갯소리가 있는데 정말 뇌를 낳아버린 것 같았어요. 멍청함은 한층 레벨 업! 일은 일대로, 육아는 육아대로 점점 싫어졌어요. 내 마음대로 무엇 하나 컨트롤되지 않는 모든 상황이 스트레스였어요. 부모님처럼 되지 않으려면 돈이 필요하고, 결혼이라는 걸 했으니 나는 반드시 행복해져야 한다 여겼답니다. '행복'이라는 단어에 강박이 생겼어요. 잊고 있었지만 어린 시절이 만들어낸 나라는 사람. 완벽주의.

결국 완벽하지 못함은 스스로를 믿지 못하고 나를 믿지 못하니 누구도 믿을 수 없었어요. 통제와 거리가 먼 삶은 점점 더 분노가 되어 스스로에 대한 자책으로 돌아옵니다. 스스로 화를 참지 못하고 어김없이 화르르 타올랐어요. 상황에 따라 일관적이지 않고 감정적으로 오르락내리락 거리는 내 모습에서 엄마가 오버랩되어 보이기도 했어요. 기분이 좋을 땐 상냥한 엄마, 이렇게 걷잡을 수 없는 분노에 사로잡혔을 땐 스스로 화를 참지 못해 고래고래 소리 지르는 무서운 엄마. 그런 내 모습이 엄마와 어딘지 모르게 닮게 느껴졌어요. 내가 제어하지 못하는 분노는 작고 여린 약자인 딸에게 표출되어 흘러내리고 있었어요.

분명히 잘못되었죠. 엄마의 기대치에 맞출 수 없어 전전긍긍하며 내 감정 따윈 중요하지 않다 여기며 살아왔는데, 작고 여린 입에서 "엄마 잘못했어요. 다시는 안 그럴게요."라는 말이 나오다니. 처음 들었을 땐 커서도 성인이 되어서도 무기력하게 느껴 어찌할 수 없어했던 제 모습이 떠올랐어요. 그걸 알면서도 저는 딸에게 무슨 짓을 한 걸까요? 오랜 시간 딩크였던 건 어쩌면 나

같은 희생자를 한 명 더 만들고 싶지 않다는 내면아이의 바람이 있었는지도 모르겠어요.

그제야 치유해야 할 대상이 하나 더 있다는 것을 깨달았어요.

내 안의 또 다른 나 '내면 아이.'

이 녀석은 불안할 때 나와 나를 끊임없이 괴롭힌다고 해요. 사실 그것은 괴롭히는 것이 아니라 나를 너무나도 사랑하기에 나를 지키고자 하는 간절한 바람 같은 것이라고 해요. 그렇지만 무섭게도 이 녀석을 그대로 두면 자녀에게 대물림된다고 해요. 지긋지긋하다고 여겼던 반복을 말이에요. 해결할 수 있다면 내선에서 끝내야죠. 사랑하는 딸을 위해.

완벽하길 바라는 마음을 돌아보기로 했어요. 그리고 그 완벽이 결여되어 내가 나를 믿지 못하는 상황을 돌아보기로 했죠. 인간은 원래 완벽할 수 없음을 인정했어요. 그러지 않아도 괜찮다, 괜찮다. 나를 믿어주기로 했어요. 그리고 엄마에 대해서도 생각해 보았어요. 책을 읽으면서 엄마에 대해 알게 된 점 하나는 엄마는 '나르시시스트'라는 거예요. 원래의 강인한 엄마의 성향도 있었겠지만 그렇다 할 기술 없이 아이 셋을 키워내려면 엄마도 강해야만 했고 완벽해야만 했을 거예요. 그리고 높은 기대치는 당신처럼 살지 않았으면 엄마 방식의 사랑 표현이었을 거예요.

그동안 이해할 수도 없었고 원망스러웠던 엄마에 대한 알 수 없는 응어리가 아이를 낳고, 책을 통해 이해가 되었어요.

'나는 이렇게 하나도 힘든데…, 어떻게 엄마는 나보다 어린 나이에 셋이나 키웠지?'

엄마가 가여웠어요. 엄마도 엄마가 처음이었을 텐데…. 얼마나 아프고 힘들었을까? 저도 그래요. 저 또한 엄마에게 맞출 필요는 없었어요. 인정받으려 했던 마음, 원망스러웠던 마음을 흘려 보냈어요.

그리고 여전히 힘들고 서툴지만 나를 믿어 보기로 했어요. 내 아이가 나를 안전지대라고 느끼며 충분히 실패하고 도전하며 그것들을 잘 이겨내도록 '믿어주기'로 했어요. 내가 바라는 '믿어주는 엄마'가 되기로요. 나조차도 내가 내 뜻대로 되지 않는데 어떻게 나와 다른 아이가 어찌 내 뜻대로 되겠어요? 나는 엄마와 닮아있었지만 나는 엄마 달라요. 나는 나일 뿐. 그리고 엄마를 닮아있다는 것은 단점만 있지 않아요.

P.S 엄마 사랑해.

시련이 있어야 오늘이 더 빛난다

실패와 시련의 다른 점은 무엇일까요? 아는 단어도 갑자기 훅~ 들어와서 물으면 대답하기가 참 곤란해요. 사전적 의미는 더더욱 선뜻 답을 하는 게 쉽지 않아요. 닮은 듯하지만 다른 두 단어를 국어사전에서는 이렇게 정의하고 있답니다.

실패 : 일을 잘못하여 뜻한 대로 아니하거나 그르침

시련 : 겪기 어려운 단련이나 고비

– 네이버 국어사전 발췌 –

실패는 행위에 대한 '결과'를 의미한다면 시련은 '과정'을 나타내요.

"하나님은 감당할 수 있는 만큼의 시련을 주신답니다."

어린 시절 삐뚤어지지 않았음은 이 문장 때문이었어요. 세뇌인지 모를 이 문장 덕분에 '그래 나는 괜찮아 이겨낼 수 있어.'라고 스스로를 다독였어요. 독실한 기독교 신자는 아니었지만 모태 신앙인지라 매주 교회에 나갔어요. 그런데 머리가 커져 성인이 되고 보니 이 문장이 굉장히 억울했어요.

'왜 골라도 하필 나일까? 나는 대단한 사람도 아니고 정신력이 강한 것도 아닌데 왜 하필 나인 걸까? 바닥인 줄 알았는데…. 더 나빠질 게 있다고? 아 제발, 더는 나빠질 게 없는 줄 알았는데 늪이란 게 있긴 있나 보다. 신께서 나를 사랑하셨다면 정말 이렇게 놔둔다고요? 듣고 계시나요? 그렇다면 이 지긋지긋한 집을 떠나게 해주세요!'

그 소원은 결혼을 하기 한 해 전 이루어졌답니다. 제가 아는 시련은 늘 의지와 상관없었어요. 부모님의 이혼, 가난, 이제는 좀 먹고 살만 해지나 했더니 비자발적 백수 생활. 모두 제 탓이 아니었어요. 외부 요소들, 남 탓으로 얼룩져 있었어요. 어린 시절 하나님을 원망하며 기도했던 것처럼요.

한참 우울함의 늪에 빠져있을 때는 무엇도 할 수가 없었어요. 어항 밖으로 꺼내어진 물고기처럼 겨우 숨만 쉬고 있을 뿐,

정말 아무것도 할 수 없음. 애는 낳아 놨으니 그래도 육아는 해야죠. 기계적으로 아이를 어린이집에 보내고 오늘은 집을 좀 치워야겠어! 하고 멍… 하다 보면 금세 하원 시간이 되는 날이 반복되는 게 수 일째.

또 신경정신과 약의 도움을 받으러 당장이라도 달려가고 싶었어요. 그렇지만 왠지 모를 오기 또는 알량한 자존심인지 모를 것이 '조금 힘들다고 또 의지해? 약 없으면 어떻게 살래?'라고 말을 걸어왔어요. 그렇게 2~3주의 시간을 보냈을까요? 정말 아무것도 안 해보니 몸 안의 모든 세포에 조금씩 곰팡이가 생기는 것 같았어요.

'아, 정말 이제는 뭘 좀 해볼까?' 싶은 마음이 조금은 들더라고요. 드라마 정주행을 하면 그렇게 시간이 잘 간다는데…. 생각해 보면 드라마도 그다지 좋아하지 않는 터라 늘 대화에 끼지 못하곤 했더라고요. 유행이 다 지난 드라마더라도 좀 봐두면 언젠가 대화에 껴서 좀 써먹을 수 있을까요? 좀 유명하다는 드라마를 보기 시작했어요. 몇 편 보지 않았는데 금세 하원 시간이 되었어요. 연재 중인 드라마를 보는 건 어려웠지만 정주행을 해내는 건 좀 소질이 있는 것 같아요. 그렇게 가족이 없는 빈 집에서 혼자만의 시간을 견뎌냈어요. 그래도 주말엔 뭐라도 해야지 싶어 외출을 해보았지만 숨이 턱턱 막혔어요. 엘리베이터는 탈 때마다 심장이 쿵쾅거려서 계단을 이용해야만 했어요. 지나고 나서야 그때 꽤나 마음에 병이 깊었구나 하고 알아차렸답니다.

그거 아시나요? 혼자 있으면 우울감은 더 깊어지는 거. 주말엔 무조건 나갔어요. 그 시도는 꽤 효과가 있었죠. 그 무렵 갑자기 괜찮아지는 기이한 경험을 했는데 혹시 너무 힘들다면 전 이 방법 꼭 추천하고 싶어요. 우울과 쿵쾅대는 심장이 갑자기 괜찮아진 곳은 뜻밖에도 사람이 많은 '놀이공원'이었어요. 명절 연휴 마지막 날이었을까요? 남편 친구 부부의 제안으로 에버랜드에 가게 되었어요.

아이가 어리니 꿈도 못 꾸었는데 감사한 제안이었어요. 심지어 눈치 보기 작전 완전 성공! 가장 익사이팅한 놀이 기구인 티익스프레스를 얼마 안 되는 대기 시간으로 탈 수 있었어요. 아, 몇 년 만에 질러보는 소리일까? 마침 고맙게도 딸 역시 유모차에서 잠이 들었어요! 그렇게 친구 부부와 교대로 내리 세 번을 탔어요. 안전벨트가 채워지고, 딱딱 딱딱 레일과 바퀴 소리의 마찰이 멈추고, 눈앞에 펼쳐진 시선은 하늘이었을 때, 열차는 아래로 곤두박질칩니다. 가파른 하강에선 손에 힘만 가득할 뿐 입 밖으론 소리가 절대 새어 나오지 못하죠. 그다음 하강부터 터져 나온 함성! 요란하게 소리를 질러댑니다. 마음에 알게 모르게 쌓인 설움이, 가슴속 응어리가 함께 날아갔어요.

그렇게 늪에서 빠져나왔어요. 시련을 이겨내는 건 수학 문제처럼 하나의 답만 있는 것은 아니었습니다. 그렇지만 그때의 제가 책을 읽는 사람이었다면 이런 작은 시련 앞에서 오랜 시간 아무것도 하는 무기력 가득한 시간을 보내는 시행착오는 피할 수 있지 않았을까 아쉬운 마음은 있어요.

나는 얼마나 시련하였는가? 막상 몇 자 글로 써내려가 시간을 두고 한발 물러서서 객관적인 시선으로 바라보니 너무 사소하고 사소해요. 좀 글로 써 내려가기 부끄러울 만큼요. '가난이 싫다, 내 탓이 아니야.' 하고 원망과 남 탓으로 가득했어요. 그 핑계로 쉬워 보이는 길, 안전한 길만 선택했던 지난날.

알고 보니 성장에 필수 요소는 아니지만 치트키가 있어요. 치트키란 게임을 승리하게 만드는 명령어인데, 그 명령어 한방이면 백전백승이다 그거죠! 갑자기 시련이니 우울감 이야기를 하다가 웬 게임 용어냐고요? 그걸 경험하고 나면 쾌속 성장이 가능하거든요. 제가 생각하는 치트키란 바로 '바닥을 치는 경험'이에요. 바닥인 줄 알았는데 더 더 한없이 가라앉는 느낌. 정말 이러다 죽겠는데 싶은 그 경험을 할 때 비로소 각성을 하게 됩니다. 흔히 '성공했다.'라는 사람들의 이야기를 읽어보니 공식처럼 고난과 역경이 함께 했어요. 바닥을 치는 경험이 치트키라는 생각은 '외상 후 성장'이라는 단어를 알게 된 후 확신이 들었어요.

켈리 최 회장님의 《웰씽킹》에도 그런 일화가 나와요. 돈을 벌겠다고 상경한 어리던 소녀였던 그녀는 친구를 잃게 되는 아주 큰 사건이요. 나였다면 그 트라우마 속에 갇혀 자책만 하지 않았을까 싶기도 한 일화에 어린 소녀가 겪었을 그 고통에 마음이 아파 페이지를 멈추고 한참을 울었답니다. 그녀는 좌절하지 않고 네 몫까지 잘 살아 내어 보겠노라 뜨거운 눈물의 다짐과 함께 이후 역경을 헤쳐 나가며 지금은 세계에서 손꼽히는 부자가 되어 선한 영향력을 발휘하고 있어요. 그녀처럼 성공 가도를 걷게 된 이들의 삶을 엿보면 어렵고 힘든 환경에서도 스스로 자책하거나 원망하지 않았어요. 그저 포기하지 않고 실패에도 좌절하지 않으며 끊임없이 노력, 또 노력. 혹여 그 노력이 생각만큼 결실이 맺어지지 않더라도 단지, 지금 때가 찾아오지 않는다 해도 실망하지 않았더라고요. 그리고 그 기다림은 언젠가 빛을 발합니다.

아직 저에게는 그들처럼 자랑할 부과 명예는 없어요. 그러나 과거의 나와 달리 나 스스로를 인지하고 생각하며 워킹맘으로서 꾸준히 노력하고 있답니다. 글을 쓰기로 마음을 먹은 것도 이런 노력 중 하나에요. 이 시작점은 바닥을 치는 경험. 바로 다이어리에 "변하고 싶어", "늦지 않았어"라고 적었던 간절한 순간이요. 시련이란 건 도망친다고 도망칠 수 있는 게 아니었어요. '왜 하필 나야?' 하는 원망 속에 뒷면을 보지 못했던 거예요. 빛이 있으면 그림자가 있음이 당연한데, 항상 그림자 속에서 왜 어둡냐고 원망만 했던 거죠.

"운명이 신 레몬을 건네준다면, 그것으로 레모네이드를 만들어라."

데일 카네기 《자기관리론》에 보면 이런 구절이 있어요. 처음에는 제대로 갈리지도 않아 껍질도 씹히고 그저 신 레몬에 불과할지라도 몇 번의 시련의 반복이 이제는 갈아도 손이 다치지 않고 과즙만 짜낼 수 있어요. 나아가서는 어떻게 하면 더 맛있게 만들 수 있을까? 여유를 주죠. 언제까지 레몬이 시다고만 하면서 원망만 할 건가요? 혹시 레몬을 좋아하지 않는다고 딴소리하진 않으시겠죠? 정말 이왕 이렇게 신 레몬만이 가득하다면 레모네이드 맛집이 되어보자고요! 혹시 지금 불안하지 않고 너무 잘 지내고 있다면, 정말 괜찮은지 의심해 보세요.

이런 끊임없이 시련하는 과정이 오늘을 최선을 다하게 만듭니다.

엄마의 행복이 먼저다

구름 한 점 없이 유난히 파란 하늘은 보던 어느 날, 참 행복하다는 마음이 절로 듭니다. 새벽의 고요함, 힘찬 하루를 암시하는 커피 한 잔, 재미있어서 멈출 수 없는 독서, 내 호흡소리만 들리는 물속에서의 시간(수영이나 스쿠버 다이빙), 낙서처럼 아무도(나조차도) 알아볼 수 없는 일기 그리고 조금은 예쁜 척 써 내려가는 다이어리. 저를 행복하게 만드는 것들이에요. 저는 사실 이런 행복을 인지한 건 그렇게 오래되진 않았답니다.

독서로 변화된 삶을 살아가던 어느 날, 행복한 일은 매일 있어! 오늘의 행복을 내일로 미루지 말라는 곰돌이 푸우의 말에 어느 날 눈물이 납니다. 그제야 나 언제 행복하지? 나 왜 행복을 미뤘지? 돌아보게 된 것이죠. 무엇을 위해 달리는지, 어디로 가는지 모른 채 오늘을 저당 잡아 막역한 미래를 꿈꾸고 있다는 생각이 문뜩 들었어요. 그때는 게으름에 악플러가 되지 않았을 뿐 악플을 달만 한 에너지가 있었다면 분노를 그런 식으로 풀었겠다는 생각도 들었어요.

혼자만의 세계에 빠져 잘 살아보겠노라 배를 띄우고 항해를 시작했는데 나침반도 없이 무작정 출항했지 뭐예요? 행복에 대해 고민하기 시작합니다. 그런 시행착오 중 가장 도움이 되었던 건 '챌린지'였어요. 요즘 다양한 챌린지가 참 많은데 제가 했던 미션은 돈을 걸고 2주 동안 인증 성공 시 환급을 받는 앱이었어요. 참 많은 도전을 했죠.

지금은 5시에 일어나지만 저의 첫 미션은 미라클 모닝! 그것도 아침 7시 일어나기 였어요. 아침 7시가 무슨 미라클 모닝이냐고 하겠지만 '아주 작은 습관의 힘'에 한참 꽂혀있을 때라 원래 그 정도에는 규칙적으로 일어났으니 무리하지 않기로 했어요. 그냥 인증하기 하나만 추가된 거죠. 차츰차츰 재미를 붙여갔어요. 다음엔 '감사 일기'를 써보기로 했어요. 처음 쓴 일기는 아주 단순했어요.

1. 미션에 참여하게 된 것을 감사합니다.

2. 기저귀가 부족했는데 그래도 새로 사지 않아 감사합니다.

3. 오늘 하루 열심히 바동거린 것. 감사합니다.

꽤나 지푸라기라도 잡는 심정으로 사소한 것에 감사하기 시작했어요. 처음에는 곧잘 세 가지를 채웠는데 며칠 지나니 '아! 뭘 쓰지?' 고민을 하게 돼요. 펜을 잡고 쓰는 것조차 어색했던 2주라는 시간이 겨우 흘렀습니다.

1. 무사히 완주해서 감사합니다.

2. 주말 이틀 동안 낮잠 잘 수 있는 시간을 주셔서 감사합니다.

3. 맛있는 만두를 먹어서 감사합니다.

여전히 그 감사는 사소했어요. 그렇게 1만 보 걷기, 아침 공복에 물 한 잔 마시기, 하루 2번 셀프 칭찬하기 등 여러 가지 작은 성공들을 채워나갔어요. 그중 가장 기억에 남고 의미 있는 도전은 '하루 2번 셀프 칭찬하기'였어요. 미션은 오전에 한 번, 오후에 한 번, 한 가지 칭찬을 하는 것이었어요. 첫날 문장은요.

'도전하는 모습 정말 보기 좋아. 나 정말 멋져!'

'비교 대상은 어제의 나. 매일매일 발전하는 나! 정말 멋져 최고야!'

감사 일기처럼 적어나간 것은 여전히 사소한 것이었어요. 오늘 나의 감정 인정해 준 것, 아침 일찍 일어난 것, 귀찮음을 이겨낸 것, 화내지 않은 하루를 보낸 것. 그런데 이상하죠? 하면 할수록 자꾸 눈물이 났어요.

'나는 참 한순간도 나를 예뻐해 준 적이 없구나.'

그저 '오늘 잘했어'라고 종이에 꾹꾹 눌러 써 내려가는 일이 이토록 눈물 날 일이라니. 돌이켜 보면 어떻게든 살아보겠다고 애쓰고 있는 나에게 항상 가혹했어요. 심리학 책을 한 권, 두 권 읽어나가면서 그동안 나의 가혹함에 대해 반성하게 되었답니다. 그동안 남의 시선에 갇혀 그들에게 맞추기 바빴어요. 사실 나는 내가 알아줘야 했는데 말이죠. 그렇게 '2주 챌린지'를 3~4개월 정도 하면서 여러 가지 챌린지를 마치고 가장 잘 맞는 감사 일기를 꾸준히 써보기로 했어요.

처음엔 감사한 일을 세 가지나 쓰는 게 어려웠어요. 그러나 역시 꾸준함 앞에 장사 없다고 했던가요? 비록 중간중간 내용이 부실한 날도 있었지만 처음엔 단답이었던 감사가 나중에는 제법 근사한 문장이 되기도 했답니다.

잠을 잘 자 감사합니다.

맛있는 것을 먹어서 감사합니다.

사랑하는 가족이 있어 감사합니다.

좋아하는 일이 있어 감사합니다.

돈이 많아 감사합니다.

(물론 돈이 많지 않아요. 적어도 배고프지 않아도 되는 오늘.)

오늘은 낮잠을 자서 감사합니다.

하늘이 예뻐서 감사합니다.

감사하는 마음은 행복과 이어져 있었어요. '감사'를 '행복'으로 고쳐볼까요? 전혀 어색함이 없어요. 잠을 잘 자 행복합니다, 맛있는 것을 먹어서 행복합니다, 사랑하는 가족이 있어 행복합니다, 좋아하는 일이 있어 행복합니다, 돈이 많아 행복합니다, 오늘은 낮잠을 자서 행복합니다, 하늘이 예뻐서 행복합니다.

이렇게 감사하는 마음은 행복감을 불러일으켰어요. 그리고 감사 일기를 꾸준히 쓰던 두어 달 즈음이 되니 놀라운 일이 벌어졌어요. 바로 자꾸 '감사할 일이 생기는 것'이었습니다. 감사함이 계속해서 '감사'를 불러왔어요. 비로소 곰돌이 푸우의 '행복한 일은 매일 있어!'를 저도 느낌표를 붙여 입 밖으로 뱉을 수 있게 되었답니다. 행복하기 위해 발버둥을 칠 필요가 없었어요. 그저 작게 시작한 감사하는 마음이 더 큰 감사를, 그렇게 쌓인 감사함이 행복을 가져온 것이에요. 정말 신기하게도 점점 감사할 일이 많아져요. 내가 행복하니 내 아이를 대할 때 나의 태도는 자연스레 바뀌어요. 남편을 대하는 태도, 주변 사람들을 대하는 태도, 모든 것이 자연스럽게 우러나오게 됩니다.

저는 단지 너무 행복해지고 싶어서 나에게 집중하며 이 노력 저 노력을 했을 뿐인데 자연스레 감사함이 쌓이니 행복해지고 그것들은 또 다른 감사와 행복, 그리고 자꾸만 좋은 것들을 끌어당겨요.

육아에 지쳐, 업무에 지쳐, 도무지 내가 언제 행복했는지 잊진 않았는지 잠시 생각해 보는 시간을 가져보는 건 어떨까요? 분명 좋아서 한 결혼인데, 아이가 너무 예뻐서 행복한데, 그 행복의 방향에 혹시 내가 빠져있진 않은지, 나를 향해 있지 않고 남을 향해 있는 건 아닌지 고민해 보는 거예요. 아이가 예뻐서 행복한 건 진정 나에게서 나오는 행복이 아니에요. 아이가 커버리고 더 이상 내 품에 있지 않을 때 행복감이 무너져 공허함에 빠질지도 몰라요. 나라는 중심이 행복해야 그것이 진정한 행복.

나 자신이 어떨 때 행복한지 나를 헤아리고 나만의 행복을 찾아보세요.

STORY 4.자신의 '행복찾기'로 성장하는 엄마[정하연]

내가 성장하면 아이도 성장한다

"안녕? 만나서 반가워."

엄마라면 누구나 가지고 있는 행복한 장면, 그녀(그)와의 첫 만남. 어떤 말을 처음 건네셨나요? 위 문장은 제가 아이와 처음 만났을 때 했던 말이에요. 어떤 기분일까? 입체 초음파로 봤던 그 얼굴 그대로일까? 조금은 어색한 그녀와의 첫 만남. 아직도 그 장면은 생생해요. 그렇게 밤낮 지새우며 키워낸 아주 작고 귀엽기만 했던 아기는 어느덧 다섯 살 언니가 되었어요. 나에겐 여전히 아기 같지만 좀 컸다고 아기라고 말하는 걸 싫어합니다. 이제 자기는 아기가 아니라고 해요. 언제 이렇게 컸는지 이제는 안으려면 '흡~!'하고 호흡을 가다듬어야 해요. 그럼 어김없이 뒤따라오는 그녀의 한마디.

"엄마! 내가 언니가 되어서 무겁나요?"

"응. 이제 많이 자라서 무거워졌네."

지금은 도란도란 대화도 나누고 설득이 통하는 나이가 되었지만 누가 그렇듯 처음엔 어떠한 생각할 겨를도 없이 막막함 그 자체였어요. 아니, 이런 생각조차 하지 않았다는 게 좀 더 사실에 가까운 것 같아요. 무념무상의 수면욕에 대한 본능만 남아 좀비 같던 나는 50일이 지나고, 기적만을 기다리며 100일 맞이하고, 이제 좀 사람 같나 하면서 보낸 돌, '무슨 요구사항이 이리 많니 근데 못 알아듣겠다. 차라리 말을 좀 해라.' 싶었던 18개월, '어머 언제 이렇게 컸어?' 했던 두 돌. 언제 키우나 했던 시간이 지나고 보니 참으로 빨리 흘렀어요. 그제야 드는 생각.

'아 조금만 더 천천히 컸으면 좋겠다.'

아이가 뱃속에 있을 때 태교를 하겠다고 썼던 몇 장 쓰고만 일기는 어디 있는지도 기억이 나질 않고 아이와의 시간도 휴대폰에 가득한 사진이 전부일뿐, 기록을 하지 않았음이 이제야 아쉬운 마음이 들어요.

그런 저에게도 아이가 아주 아기일 때부터 잘했다고 생각하는 것이 딱 한 가지 있어요. 바로 책과 함께한 시간. 무슨 생각이었는지는 모르겠지만 아이가 생기기 전부터 책은 꼭 읽어 주고 싶었어요. 지금이라면 망설일만한 금액의 전집을 샀어요(사실 조리원에서 만난 영업사원의 화술에 당했다는 마음이 지금도 남아 있어요). 알록달록 예뻤던 책과 교구가 시선을 끌었죠. 그렇게 아이가 아주 어릴 때부터 책을 읽어주었답니다. 지금 생각하면 솔직히 '욕심이 컸어, 멍청했구나.' 하는 자책도 있어요. 그렇지만 그때 이렇게 시작하지 않았다면 책과 함께하는 시간을 보내지 못했을 것 같아요. 점점 큰돈 들어갈 일이 많아져요. 그리고 가만히 생각해 보면 저의 무의식이 이렇게라도 성우의 꿈을 보여준 건 아니었을까 생각도 들어요. 그렇게 아이에게 매일같이 책을 읽어 주며 그녀만의 연예인이 됩니다. 그러나 아이가 마음처럼 책을 잘 보지 않을 때는 '뭐야 재미없나?' 꼭 이렇게까지 해야 하나 현타(현실 자각 타임)가 오다 보니 책에 대한 미움도 생겼어요.

아이와의 도란도란 꿈꿨던 행복의 장면은 마음처럼 쉽지 않았어요. 워킹맘이라는 면죄부로 물질적으로 해결하려 듭니다. 아이의 시각이나 성장은 뒤로 한 채 나의 욕구로 변질되어 있었죠. 아이를 위해 뭐든지 할 수 있다는 마음은 점점 뒤틀려져 가고 있었어요. 그러다 '코로나19 때문에' 강제로 육아 시간이 길어지며 아이를 관찰하는 시간이 길어졌습니다. 아이는 굳이 무엇을 하지 않아도 곧잘 크는 느낌이었어요. 그 곧잘 커가는 아이에게서 제가 보입니다. 나와 아이는 같지 않지만 나라는 사람 그 자체였다. 말투며 행동이며 모든 것을 그대로 흡수해 하고 있었어요. 일찍이 어린이집에 나가 어린이집에 있는 시간이 엄마와의 시간보다 길었지만 이것이 주 양육자의 위력이라는 게 이런 거구나 실감할 수밖에 없었어요. 그제야 저의 시선과 관점이 잘못되어 있다는 것을 깨달았어요.

'아이를 잘 키워내야겠다는 욕심.'

그건 단순히 '건강하게만 자라다오'의 교과서적인 얄팍한 마음이 아니었어요. 그 속내엔 건강은 기본이고 이왕이면 남들과 경쟁에서 살아남고 돈도 좀 잘 벌면 좋겠고 두루두루 나보다 나았으면 하는 그런 마음. 그리고 그 욕망의 기준에는 저 자신이 있었어요. '나보단 나은 삶'이라는 추상적인 기대치로 남들과 끊임없이 비교하며 스스로 못남을 찾아 기어코 스스로를 깎아내리는 제 모습이 떠올랐어요. 아이에게 무언가를 바란다는 게 당연할지도 모르지만 방법이 잘못되었죠.

'아…! 누굴 키울 게 아니라 내가 날 잘 키워내야겠다.'

앞서 말한 현타도 아이에게 무언가를 바랐기 때문이었더라고요. 주어진 시간을 소중히 감사히 여기며 즐기기로 했어요. 무언가를 해 주기보다는 함께 해나가기로 했어요. 저도 저대로 열심히 책을 읽습니다. 운동도 열심히 했어요. 저만의 즐거움을 찾았어요. 어른이 된 지도 꽤 되었고 이제는 제법 나이도 먹었다고 생각했는데 그동안 저는 제가 무엇을 잘하고 무엇을 좋아하는지 무엇을 할 때 행복감을 느끼는지 몰랐어요. 아이를 낳고 내 시간이라는 절대적 물리량이 줄어드니 그제야 소중함을 느끼며 알아차릴 수 있었어요.

마음가짐이 변하니 더 이상 아이에게 실망할 일이 없어졌어요. 그저 모든 순간이 사랑스러움 그 자체. 처음엔 '엄마표 미술' 이런 건 엄두도 나지 않았어요. 다른 집 엄마들은 전신 미술 슈트니 뭐니 예쁘게 차려 입혀 셔터 세례로 건진 사진으로 SNS을 장식하던데 전 분명 치울 걱정에 해볼 생각조차 안 했던 거죠. 30개월쯤이었을까요? 꽤나 늦게 물감과 붓을 샀어요. 걱정과 다르게 아이는 잘 합니다. 어린이집에서 이미 해봤던 거죠.

"엄마 너무 재미있어요. 엄마, 나는 물감 놀이가 좋아요. 또 하고 싶어요."

아이는 저의 상상 아니 망상처럼 물을 쏟아 집안을 엉망으로 만들지 않았어요. 경험해 보지도 않고 결론부터 내버리는 엄마란 사람의 삐뚤어진 선입견과 시선이 문제였어요. 그 이후 책과 함께 여러 놀이를 해봅니다. 그리고 읽어주기에만 연연했던 책도 놀이와 함께 하니 시너지가 생기고 더 이상 책에 대한 미움도 없어졌어요.

내가 아이를 키우는 줄 알았는데, 아이가 저를 키우고 있더라고요. 이런 저의 성장은 또 아이에게 전해졌어요. 모든 시간과 시선을 아이에게 가둘 필요는 없어요. 옛날 어른들이 자식 자랑, 신랑 자랑하는 게 참 못마땅했어요. 할 얘기가 저것밖에 없나? 지금 생각해 보면 나를 희생해서 그들을 키워냈으니 그들이 나의 작품이자 결과물이었던 거죠. 얼마나 자랑스럽겠어요? 그리고… 그 자랑 속에 나는 없음이 사실은 얼마나 마음 아플까요? 그것은 그녀들의 설움일 거예요.

아이에게만 향했던 시선을 거두어 나에게 옮기니 재미있는 변화가 생겼어요. 아까 위에서 '나와 아이는 같지 않지만 나 그 자체였다'라는 말을 기억하세요? 내가 책을 읽으면 아이도 책을, 내가 운동을 하면 아이도 운동을 따라 해요.

'아이는 엄마의 뒷모습을 보고 따라옵니다.'라는 적당히 육아하는 방법을 몸소 깨닫게 되었습니다. 그렇게 내가 조금 앞서 걸어 나가는 방향을 함께 걸어갑니다. 서로 마주 보는 사랑이 아닌 같은 곳을 바라보면서요.

저는 요즘 꿈을 위해 새로운 공부를 주 2회 하고 있습니다. 처음에는 이 또한 무슨 부귀영화인가 사치스럽다는 생각에 죄책감이 들기도 했어요. 그러나 아이는요 저보다 더 잘 알고 있어요.

"엄마 공부하러 가야 해."

"엄마 공부가 뭔데요? 나도 공부하고 싶다. 엄마! 잘 다녀오세요~!"라고 말해줍니다. 그래서 더 열심히 할 수밖에 없어요. '아이를 위해서'가 아니라 '아이와 함께'니까요.

흔들려도 사색합니다

"사색을 포기하는 것은 정신적 파산선고와 같은 것이다."

앨버트 슈바이처가 남긴 유명한 명언이에요. 잠들지 못하고 여느 날처럼 침대에 누워서 유튜브를 소비하다가 만난 문장이에요. 대학생 시절, 엄마의 신용카드 돌려 막기에 이어 파산신청. 그 여파로 충실한 밑 빠진 독의 두꺼비 신세로 지냈던 탓일까요? 위 문장을 보곤 누웠던 몸을 일으켜 정자세로 앉았어요. 정신이 번쩍 듭니다. 뭐라고? 정말 누군가에게 뒤통수를 세게 맞은 기분이었습니다. 화들짝 놀란 나 자신에 감사한 마음 반, '와~!, 나 설마 파산인 거야? 아니겠지…, 아닐 거야….'하는 만감이 교차하며…. 그날 이후 저의 인생 문장이 되었어요. 제대로 독서를 시작하게 된 것도 이 무렵이랍니다.

그동안 전 참 굼뜬 사람이었어요. 생각을 행동으로 옮기는 데는 너무도 오랜 시간이 필요했어요. 물건을 살 때도, 새로운 도전을 할 때도요. 더불어 너무나도 유명한 직장인 2대 허언을 실행하리다 마음먹었을 때도 그랬죠. '퇴사할 거다.', '유튜브 할 거다.' 중 후자인 '유튜브 할 거다.'를 상상에서 현실로 꺼내는 데까지는 2년이라는 시간이 필요했어요(이마저도 채널명과 홈 화면 꾸민 게 전부였지만요).

주어진 일은 곧잘 해냈지만 새로운 것들은 내 것으로 만드는 데는 많은 시간과 노력이 필요했어요. 계획은 늘 그럴싸하게 세웠지만 변수라도 있으면 그대로 멈춰버렸어요. 변수에도 계획을 세워야 했어요. 그렇게 한없이 펼쳐진 변수에 대한 계획의 끝은 '할 수 없음, 에이~ 안 해.'였어요. 그렇게 흐지부지 끝을 내지 못하는 게 많았어요. 그래서 결론은 스스로를 '창의성이 제로인 사람이야!'라고 이야기하며 수동적으로 행동했어요.

그러나 이런 행동이나 말은 가난한 사람이 하는 말이라고 해요. 금전적으로만 가난한 줄 알았는데 정신적으로도 그런 사람이라니! 수많은 자기 계발서에서 강조하는 단 한 가지가 있어요.

'행동하라.'

그 외 교집합을 찾으려 여러 서적을 읽어보았지만 조금씩 달랐어요. 이것저것 따라 해 보았죠. 끈질기고 길게 따라 할 수 있는 건 정해져 있었어요. 나와 맞는 것이 있었고 맞지 않는 것이었죠. 기존에 경험치를 쌓아 둔 것들은 성공률이 높았지만 좋아보인다는 이유로 억지로 끼워 맞춘 루틴들은 '내가 뭘 하기로 했었지?'조차 잊게 만들어요. 그리고 에너지는 한정되어 있어요.

처음엔 작은 성공으로 자기 효능감을 높이는데 집중했지만 "어? 이젠 좀 되나?" 싶던 시점, 욕심을 부렸어요. 첫 미라클 모닝 때는 그저 제때 일어나기, 감사 일기 작성으로 시작했지만 그 다음은 '물이라도 한잔 마셔야지', '스트레칭도 하자', '영어 공부는 필수야' 등 그 양이 늘어나다 보니 물리적으로 30분~한 시간 안에 끝낼 수 없는 것들로 가득 채워버렸어요. 딸이라도 일찍 깨는 날엔 그날은 하루 종일 엉망이 된 기분이었어요. 21일만 넘기면 습관화할 수 있다고 믿고 외쳐댔는데 2주도 아니 단 1주일도 버거운 도전을 하고 있었어요.

오버 페이스로 결국 와버린 번 아웃. 욕심을 부려 다 좋아 보인다고 이것저것 다 먹어버리니 체해버리고 만 것이에요. 그럴 때면 나쁜 버릇이 또 나와요. 스트레스로 스스로를 비교로 몰아세웁니다. 스멀스멀 폭식이 시작됩니다. 다시는 반복하고 싶지 않았는데, 이제는 멘탈이 좀 괜찮아진 줄 알았는데, 욕심이 과해지니 부정적인 감정들이 차오릅니다. 채우지 못한 물리량을 뒤로한 채 쌓여가는 자책. '역시 나는 안 돼'라고 또 도망치고 싶어지는 거예요. 아, 그냥 나대지나 말걸. 포기하고 도망치고 싶은 마음이 한가득. 그렇게 계속 남과 비교하고 그것은 계속해서 나를 작아지게 만듭니다.

"외부에 의해 불안해진다면, 재빨리 너 자신으로 돌아가라."

– 아우렐리우스 –

책을 점점 더 읽다 보니 이럴 때 잡아 주는 문장이 또 생겨요. 아, 나 또 어리광이네. '역시 나는 안 돼'라는 외침에는 타인에 시선에 얽매인 나 자신이 있었어요. 또 전력 질주하다 보니 진정한 내가 아닌 남들에게 보이고 싶은 상상 속의 저였어요. 이번엔 재빠르게 저 자신으로 돌아왔어요. 그리고 곧이어 또 어떠한 생각이 꼬리를 뭅니다.

'그래서 그게 네가 생각하는 행복이야?'

행복하기만 해야 그게 인생일까요? 관점을 바꿔보기로 했어요. 슬픔과 아픔이 있기에 기쁨과 행복이 빛나는 것처럼 부정적인 감정도 제대로 돌봐 주기요.

'이혼한 부모님처럼 되기 싫었다. 사랑의 결말은 결혼이고 이혼은 실패라고 생각했다. 타인의 시선에 갇혀 스스로에게 행복하길 강요했다.'

이런 것들이요. 숲 안에서 빙글빙글 돌아서 헤매는 것이 아니라 숲 밖으로 나와 한발 물러서서 바라봐 주기로 했어요. 너무 애씀에 집착하지 않기로 했어요. 조금 쉬어가도 다시 잘 해 낼 테니까 기다려주기로요. 저를 믿어주기로 했습니다. 더 이상 다그치지 않기로 했어요. 아니 솔직히 말하면 이래놓고 또 다그치긴 할 테지만 그 또한 나니 인정해 주기로 했어요.

앞서 말했던 이런 과정들은 글을 쓰면서 찾아낸 결과물이에요. 글을 쓰며 진정한 나를 만나 가고 있다고 할까요? 하나 둘 나를 풀어내 보니 내 안에 수많은 내가 어떤 이야기를 하고 있는지 조금은 알 수 있게 되었어요. 글을 쓰는 건 그런 힘을 주더라고요. 오늘도 현재 진행형.

"사색을 포기하는 것은 정신적 파산선고와 같은 것이다."

처음 이 문장을 접했을 땐 파산선고라는 단어에 그저 망치로 한 대 맞은 것 같았지만 실제로 이 문장은 '무슨 일이 있어도 포기하지 말 것'을 이야기하는 것은 아닐까요? 사람은 흔들립니다.

이제는 좀 방향이 맞나 싶은데 자꾸만 만나는 좌절 앞에선 '정말 맞는 거 맞아?' 싶을 정도로 정신없어요. 글을 읽고 생각하고 삶에 적용하고 맞지 않는 느낌과 불안에 휩싸일 때마다 사색할 것, 그리고 포기하지 말 것이라고 말이에요. 본래 인간이란 게 그러하다 철학가들이 말하는 걸 들으니 마음이 놓였어요.

끊임없이 생각을 하다 보면 나조차도 왜? 인지 몰랐던 질문에 답을 할 수 있게 됩니다. 사실 글을 써야지 마음을 먹었던 건 '나도 해보고 싶다.'라는 막연한 도전정신인 줄 알았어요. 그러나 사실 그 첫 마음은 사실 소리내기 위함이었다는 걸 마지막 즈음 깨달았어요. 직장인 2대 허언을 하며 콘텐츠가 타령을 하던 시절 그래도 한다면 북튜버가 되고 싶었거든요. 그런데 책에는 저작권이 있어 그냥 읽는 건 어렵다는 말에 그래서 가능하다면 내 글을 창작하고 싶었던 거예요. 그렇지만 막상 해 보니 부끄러워요. 어떤 날은 한 글자도 쓸 수 없을 정도로요. 그러면 좀 어때요?

우리는 처음 오늘을 살아갑니다. 모두가 처음이에요. 하고 싶은 게 많지만 시작이 힘든 분이 계시다면 저를 보고 용기를 얻었으면 좋겠어요. 많은 시행착오를 겪었고 여전히 끊임없이 의심하는 저예요. 그렇지만 지금 말할 수 있는 다른 점은 그런 애씀이,

그런 사유함이 절대 헛되지 않았음을 이제는 안다는 것입니다. 혹시나 달리다가 너무 지쳤다면 잠시 쉬어도 좋으니 그저 포기하지 말 것. 번 아웃에 휩쓸려 버렸다면 다음 파도를 기다리는 것.

그저 오늘의 감사와 행복을 온전히 느끼는 것. 그 한 가지만으로도 충분히 행복할 수 있다는 것을 느낄 수 있을 거예요.

아무렴 어때요. 행복하세요. 내일부터 말고 오늘부터요!